W0300839

Índex

A la doctora Mireia Margelí,
que em sostenia amb la mirada,
el to de veu i el somriure quan tot trontollava.

Tots sentíem el mateix. Ho havíem de sentir. Perquè abans de marxar, davant de la porta i encara amb els barnussos, ens vam fondre tots quatre en una abraçada, rient, tan contents d'haver-nos conegut els uns als altres i tan contents que els milions de possibilitats de l'univers ens haguessin portat a la mateixa ciutat i al mateix univers en el mateix moment.

En lloc segur
WALLACE STEGNER

Una nit de juliol, 23.30 h

Aquesta història és circular. S'acaba allà on va començar. Tot i així, tot i que és rodona, podríem dir que té quatre vèrtexs. Potser per això, en alguns moments, s'escenificarà en un quadrilàter.

Tenim dues dones i dos homes. No estan lluny dels cinquanta i els seus cossos —els caps, els colzes, les parpelles, les lumbars— encara guarden un dèbil record del to i l'elasticitat de la joventut però ja intueixen el declivi.

Seuen entorn d'una taula que havia estat ben parada. Ara ja no. Ara presenta un aspecte força deixat —arrugues, engrunes i taques—, però les peònies del centre floral conserven una frescor rosada i humida, i les copes de xampany mig plenes hi posen el toc d'elegància decadent.

Són a l'aire lliure, al jardí d'un mas més aviat auster, al cor del Baix Empordà, a començament de juliol. Al voltant de la taula on seuen n'hi ha d'altres, fins a una dotzena potser, que estan buides, amb les tovalles rebregades i les cadires mal posades. A un costat hi ha el petit escenari on fa una estona han tocat els músics.

Diries que en l'ambient hi suren encara algunes notes dels èxits ballables que han fet giravoltar les noies amb els seus vestits de colors llampants.

Una de les dones fa cullerades d'un tall de pastís blanc i rosa. Quan ja no n'hi queda, torna a passar la cullereta pel plat escurant-ne les restes i, finalment, després d'haver begut un glop de cava, es deixa anar enrere i recolza l'esquena a la cadira, amb un gest de satisfacció. Vestit vermell i escotat, cabells foscos i abundants recollits al clatell, grans arracades d'argolla.

—Que t'has quedat amb gana, Rita?

Els altres riuen. La Rita sempre té gana, ho saben prou. Tota la vida ha sigut així. És una dona voraç, de vegades desmesurada, sempre prodigiosa.

L'home que li ha fet la pregunta l'observa amb mirada sorneguera i acaba servint-se ell també un tall de pastís. Veure-la menjar tan de gust li ha fet venir gana i sempre té lloc per al dolç. És un llaminer incorregible amb una genètica envejable. Just el que està pensant el seu amic:

—Com pot ser que no t'engreixis gens ni mica? Quina sort que tens, Guillem, punyetero.

En Guillem fa un glop i riu. És un riure trist, una rialla que sembla un sospir. Les mirades dels dos homes s'han creuat uns segons, com si realment estiguessin avaluant la sort de l'altre.

—Sí que he fet sort, sí.

Ho ha dit amb contundència, com si les paraules fossin fruit d'una reflexió profunda. L'altre home sembla que estigui a punt de dir alguna cosa, però calla. Es frega la barba i torna a mirar-se'l. És una mirada blava i franca. En Guillem el recorda de jove, esprimatxat, amb la barba rossa. Mentre l'observa, diu:

—Jim, la teva filla és igual que tu. Avui me la mirava i és clavada. Era una núvia preciosa.

El comentari genera un petit silenci carregat d'emoció. La núvia. Es posen a parlar tots a l'hora i repassen la jornada, que ha sigut esplèndida. Miren al mòbil les fotografies que han fet, petites càpsules de memòria per al futur que, tanmateix, no guardaran la tendresa dels gestos o la intensitat d'algunes mirades.

—Estàs radiant, Marta. Blau marí i blanc és una combinació perfecta, t'està molt bé.

La dona que rep l'elogi s'ha aixecat i estira la musculatura de l'esquena. Podria semblar que l'amabilitat l'ha incomodada. A penes l'agraeix amb un somriure desdibuixat. Mentre camina unes passes, es fa un petit massatge a les lumbars i passeja la mirada pel voltant. Les bombetes blanques i grogues dibuixen camins en la foscor. N'hi ha alguna que fa pampallugues.

—Ha sigut una nit rodona. No hi faltava ni hi sobrava res.

Aquestes paraules, tot i la suavitat amb què han estat dites, han brillat en la nit com guspires que podrien deixar senyal a la pell.

Tots ho saben: la Marta ha volgut dir en veu alta allò que ha surat en l'ambient tot el dia, de fet des del mateix moment que es va parlar del casament. Hi havien de ser tots, hi serien tots: això estava clar des del principi. Però feia molts anys que no passava i comportava un risc.

Com que ningú ha afegit res a la seva intervenció, la Marta sospira i diu:

—I ara em sembla que me'n vaig a dormir...

S'alcen veus de protesta.

—Però què dius, dona! Si ara comença la festa! Queda't una mica més. Seu, que obrirem una altra ampolla ...

La dona del xal blau marí es torna a asseure.

—Omple les copes, Guillem.

Beuen en silenci. Un cop d'aire fa voleiar les tovalles i la nit s'eixampla. Per un moment podria semblar que els agrada estar junts, com si fossin els d'abans del gran daltabaix.

But I'm not the only one

El seu pare el recorda sempre marxant. D'esquena. Pujant al cotxe i arrencant de seguida. La memòria guarda detalls com ara el seu gest despreocupat en el moment de travessar el llindar de l'entrada, com si sortís de casa per tornar-hi al cap d'una estona, quan tots sabien que potser passarien mesos, qui sap si més d'un any. I encara veu la seva última picada d'ullet, adreçada especialment a ell, al nen dels cabells quasi blancs amb pinta de guiri, que li feia adeu amb la mà amb un moviment que, de tan trist, semblava comèdia i feia una mica de riure.

Segurament havia esperat la seva arribada amb deler, potser havia plorat, algun vespre quan ja era al llit, perquè tenia ganes de tenir el pare a prop i probablement devia saltar d'alegria en veure el seu cotxe vermell derrapant a l'era del davant de casa. Però de tot això no se'n recorda. Quan pensa en el seu pare, en Jim només el veu anant-se'n i torna a notar aquell desassossec, com si alguna cosa més interna encara que els òrgans vitals es posés a tremolar i no hi hagués manera d'aturar-ho.

Els primers deu anys, el devia veure unes vint-i-cinc vegades, trenta a tot estirar. Després, el pare va continuar venint, però en Jim ja no el volia veure i tan bon punt el veia baixar del cotxe, sortia de casa pel darrere i no hi tornava fins a estar ben segur que ja no hi era. La primera vegada que ho va fer va ser un mes de desembre, un parell de setmanes abans de Nadal. La mare encara plorava alguns matins escoltant «Imagine» perquè, dies enrere, un psicòpata havia matat John Lennon davant de casa seva. En Jim va veure arribar el cotxe del seu pare i va imaginar-se l'escena: la mare acceptant de bon grat l'abraçada consoladora del nouvingut. I, per alguna raó, va decidir que ja no volia suportar-ho més.

Va dormir a casa d'en Nando, el seu company de trapelleries. Quan va tornar al mas, la mare li va demanar per què ho havia fet, què havia passat.

—M'he fet gran.

—Sí, però... el teu pare...

—El meu pare és un perla.

I en aquesta paraula s'hi concentrava tot el menyspreu del món. Un perla, un irresponsable, un *vivalavirgen*, un pocavergonya.

En Pere Dorca era un passerell que no havia sortit mai de l'Empordà quan es va lligar la Cindy, una turista americana. Com devia fer el fatxenda, l'estiu del setanta-dos, per tota la Costa Brava, passejant aquell tros de noia alta i rossa, amb uns ulls blaus com piscines! Ella se'n va enamorar fins al moll de l'os i, com que s'ho podia permetre, va allargar uns mesos l'estada. Poc després va saber que estava embarassada i va convèncer el seu amor empordanès de tenir la criatura i encetar una vida junts. Ella, que tenia ànima d'artista i una família amb diners, podria dedicar-se a pintar i fer ceràmica i ell faria de cambrer la temporada d'estiu, com fins aleshores.

El perla va acceptar i es van instal·lar tots dos al Mas Xic, que ell acabava d'heretar del seu pare. Com el seu nom indicava, la casa, als afores de Torrent, no era gran cosa i calia fer-hi moltes reformes, però per començar ja n'hi havia prou. I aquell començament va durar a penes sis mesos. Quan va néixer el nen, en Pere ja havia tocat el dos. No estava fet per a la vida de família. Ni per treballar tantes hores. Ni per quedar-se vivint sempre al mateix lloc. Anava a veure una mica de món i vindria a veure'ls de tant en tant. Potser cada dos o tres mesos, potser cada mig any.

Havien nascut amb disset dies de diferència i, com que totes dues van ser filles úniques i les mares s'avenien molt, van créixer molt juntes, més germanes que cosines germanes. Per la banda del pare, l'Adela tenia dos cosins més, noi i noia, i la Marta se'n sentia gelosa i estava convençuda, íntimament, que aquells dos no eren pas tan cosins com ho eren elles dues, ni parlar-ne, digués el que digués l'arbre genealògic.

Ho compartien pràcticament tot. Vivien al mateix bloc de pisos —la Marta al segon, l'Adela a l'àtic—, anaven a la mateixa escola i al mateix curs, tot i que a classes diferents perquè els pares havien considerat que seria millor i elles dues s'ho havien agafat prou bé: «Com si fóssim bessones», deia l'Adela.

Quan sortien d'escola hi havia molts dies que berenaven juntes, feien els deures i, si encara quedava temps abans de sopar, jugaven amb la casa de nines de l'Adela. El seu pare —un manetes— l'hi havia construït amb fullola i l'havia pintada tota de blanc, amb ornaments de color rosa a la façana. Era una casa que feia somiar, amb tots els detalls imaginables: el paper pintat a les parets fent uns globus verds i liles, la moqueta a terra, aquelles butaques entapissades de pell... res a veure amb aquelles cases tan quiques que sortien als catàlegs de Reis d'El Corte Inglés. Aquesta era una casa moderna, molt dels anys setanta, amb colors llampants i coixins per tot arreu. S'hi passaven hores inventant històries i fent parlar les nines petitones amb paraules que havien llegit a les revistes del cor i que no sabien gaire què volien dir: «aquests dos figura que tenen un *idilio*», «ella té molt de glamur».

Quan arribava el mes de juny, buscaven una data entremig dels dos aniversaris per celebrar-ho tots junts. Les cosines s'asseien de costat a cap de taula, ben a prop l'una de l'altra i, quan portaven el pastís amb les espelmes —els anys que feien, multiplicats per dos—, comptaven fins a tres i bufaven alhora. Després, entre els aplaudiments dels grans, s'abraçaven i miraven a càmera. Clic!, algú immortalitzava l'instant.

La Marta les té totes, les fotos. Un any, dues espelmes. Dos anys, quatre espelmes. Tres anys, sis espelmes... fins a l'any que en feien deu. Deu anys, vint espelmes. El pastís semblava un incendi en miniatura. L'Adela li va estrènyer la mà per sota la taula i li va dir, fluixet, perquè els adults no la sentissin: «Figura que avui és el dia que en fem vint», i va dibuixar un somriure entremaliat que convidava a imaginar totes les coses agosarades i prohibides que feien les noies de vint anys. Guarda totes les fotos en una capseta de color groc que té amagada al fons del calaix de la roba interior. Ni tan sols la veu, quan obre el calaix, perquè queda colgada per les calcetes i els sostenidors. No ho sap ningú, ni el seu home.

Quan li preguntaven a què es dedicava, la mare de la Rita sempre contestava: soc actriu, però ara mateix treballo de caixera. O de dependenta. O en una empresa de neteja. Ella, la Rita, es moria de vergonya perquè, que ella recordés, no havia vist mai la seva mare fent d'actriu. Per no fer ni tan sols feia Els Pastorets al teatre del barri.

Un dia, després d'una conversa al carrer durant la qual ella havia repetit allò de soc actriu però ara mateix treballo de..., la Rita la va agafar pel colze i li va preguntar:

—Per què ho fas, això?

La mare —lila a les parpelles, rosa als pòmuls, vermell als llavis— va fer veure que no ho havia entès, però quan la Rita va insistir, va alçar la barbeta i va dir, molt digna:

—Ho dic perquè és veritat. Soc actriu, però com que no trobo feina de lo meu i tinc tres filles, he de treballar del que sigui. I és un peix que es mossega la cua, perquè si no anés tot el dia de bòlit podria presentar-me als càstings i potser m'agafarien.

La Rita va callar perquè, tal com volia la seva mare, es va sentir culpable. Tampoc no volia dir-li que encara que s'hi presentés no l'agafarien perquè ja era gran i s'havia engreixat i no s'assemblava gens a les actrius que sortien a la tele i que més li valdria oblidar-se'n i deixar de pintar-se com una mona i de vestir-se amb bruses de blondes i texans plens de brillantets.

De quina manera aquella dona s'havia deixat entabanar per casar-se tan jove i quedar-se embarassada fins a tres cops era una cosa que la Rita no podia entendre. Tres nenes amb noms d'actrius de Hollywood: Rita per la Hayworth, Íngrid per la Bergman i Sofia per la Loren. Tres estrelles, deia la mare, darrere la caixa del súper.

Aquesta era la seva vida als quaranta-sis anys: tres filles i un marit que no feia cap nosa. Un home discret i treballador, callat, que no feia però deixava fer. I feines mal pagades, amb contractes curts. I un avorriment sideral.

Els germans Larralde eren tres: en Xavi, en Fèlix i en Guillem; i sempre era en Fèlix qui manava. En Fèlix manava com si estigués ungit per uns déus d'estar per casa, com si els seus germans l'haguessin escollit en un sufragi domèstic, com si el seu poder fos indiscutible, derivat d'una força moral única. En Fèlix decidia a quin joc es jugava, qui feia de xèrif, qui planejava les bromes pesades amb un dels germans per riure's de l'altre, qui organitzava revoltes de pa sucat amb oli davant d'alguna imposició paterna que considerava injusta. En Fèlix proposava, triava, censurava, resolia.

Els pares mai no van provar de corregir la tendència dominadora del fill del mig. Hi havia un reconeixement familiar del seu caràcter fort i proactiu i ningú no gosava posar-lo en dubte.

Un dia va venir la seva cosina a berenar a casa. Mentre la nena s'esperava al menjador, en Fèlix va alliçonar els seus germans, que preparaven una safata amb galetes a la cuina:

—Us asseieu amb ella al sofà i comenceu a berenar. Jo apagaré el llum i vosaltres continueu com si res, menjant i parlant, com si us hi veiéssiu.

La cosina, esclar, va trigar uns segons a reaccionar, però aleshores es va posar a plorar i a xisclar «no m'hi veig!» i «m'he quedat cega!». Va ser molt cruel i molt divertit.

A en Guillem, aquesta mena de bretolades sempre el feien patir, però gairebé sempre es deixava seduir per la gosadia del germà mitjà. En Xavi, en canvi, seguia en Fèlix perquè li feia mandra contradir-lo, perquè la seva apatia congènita el convidava a deixar-se conduir dòcilment.

Van créixer en aquesta mena de marc mental acceptat per tothom. En Fèlix no era especialment guapo, ni alt, ni atlètic, però era un seductor. Les noies feien cua i la indiferència amb què ell les tractava no feia sinó reforçar el seu atractiu. Al cap d'un temps, quan n'havia fet plorar unes quantes, la seva popularitat va començar a anar de baixa. Tampoc no tenia gaires amics i, a classe, els professors ja estaven farts de les seves ocurrències, que entorpien el ritme de les classes.

A poc a poc es va anar aïllant, cada vegada més esquerp, i va acabar amb un sol amic, un nano esquifit i reservat a qui en Fèlix no havia fet mai cas fins que les coses van anar mal dades.

Sempre tornaven junts de l'escola i en Guillem els seguia a una certa distància, repetidament advertit pel seu germà: «Si te'ns acostes et començaré a fotre calbots fins que hi vegis doble», li deia, fent servir un gran ventall d'arguments semblants a aquest. En Guillem el sabia capaç de tot, així que obeïa.

Una nit de juliol, 23.55 h

Els fils de bombetes blanques oscil·len com si fossin gronxadors. En Jim ha encès un cigarret i la Marta no ha pogut dissimular la sorpresa:

—Que tornes a fumar?

Ell branda el cap i fa una pipada llarga:

—No. És a dir, no habitualment. Només quan estic molt estressat... o a la inversa, en moments de molt de relax.

La Rita adopta un posat ingenu per preguntar:

—I a quina de les dues opcions s'ajustaria aquesta agradable sobretaula?

Les tardes plàcides

Gairebé sempre li portava la mateixa llaminadura: una mandarina formada per caramels ensucrats en forma de grill, tot embolicat en paper de cel·lofana. Un dia, en donar-l'hi, va dir amb veu compungida: t'he portat una llimona perquè aquesta vegada no hi havia mandarines, em sap greu. En Jim va agafar la llimona i va fer un gest de «tant me fa», sense dir ni una paraula, i se'n va anar cap a l'habitació pensant que ell no li havia dit mai al seu pare que li agradessin més les mandarines que les llimones. De fet, mai no li havia dit que li agradessin les mandarines de caramel. Més encara: no li agradaven. Es menjava d'esma els grills ensucrats perquè els tenia allà damunt de l'escriptori, però, de fet, els trobava els caramels més avorrits del món. En fer-se gran acabaria deduint que li portava sempre aquelles llaminadures perquè eren les que hi havia a totes les benzineres i àrees de servei de l'autopista. Mai no va pensar a comprar-n'hi de cap altra mena quan passejava per alguna gran ciutat, ni tampoc va molestar-se a portar-li una joguina. Bé, sí, una vegada. Una vegada que va venir a començament d'any —devia ser el 3 o el 4 de gener— i va plantar-se davant seu amb un camió de plàstic i amb un somriure cofoi i pueril. Faltaven uns dies per a Reis i el nen encara hi creia, així que la mare va agafar una enrabiada de les que fan època i, de resultes dels crits, en Jim va perdre la innocència. Quan va plorar —amb sanglots i tot—, en saber que els Reis d'Orient no existien, el seu pare ja era lluny de casa.

El camió va estar entronitzat durant anys a dalt d'un prestatge de la seva habitació. Des del moment que el va tenir a les mans, en Jim va desitjar jugar-hi amb el seu pare i, per alguna estranya superstició, creia que si hi jugava ell sol, això no passaria mai.

Però quan el seu pare venia, el primer que feia era preguntar a la mare si calia arreglar alguna cosa. Es passava els dies següents fent de manetes: una persiana encallada, un radiador que perdia aigua, penjar una cortina. Feia d'home de la casa per unes hores.

La seva mare l'hi agraïa amb cara de xaiet. I ell, en Jim, s'ho mirava amb una ràbia que creixia cada any. Li feia ràbia que el seu pare es mogués per la casa amb l'escala i la caixa d'eines, com si en realitat fos a casa seva, com si fos un marit normal, un pare normal.

A les nits, el pare i la mare dormien junts. Quan va tenir edat per entendre el que això significava, en Jim es va enfadar, més amb la mare que amb el pare. Una vegada fins i tot l'hi va dir. El pare acabava de sortir per la porta de casa i en Jim va deixar anar apa, fins que torni, que el tornaràs a tenir al llit! Després va esperar la reacció irada de la seva mare, crits o potser plors. Però la seva mare es va posar a riure, va recollir-se la cabellera llarga i rossa amb un gest ràpid i hi va clavar una agulla de fusta. Mentre pujava els primers graons per anar al pis de dalt la va sentir que deia mira quines coses, m'ha sortit un fill carca, amb una rialleta sarcàstica.

Per a la Cindy, ser una dona lliure era portar vestits llargs de flors, anar descalça per casa i deixar entrar al seu llit aquell perla.

Quan la Marta no hi anava, l'Adela no jugava amb la casa de nines: si tu no hi ets no en sé, deia, compungida. I era perquè no tenia gens d'imaginació. Quan la Marta s'inventava les històries per donar vida als ninos, la cosina la mirava rendida d'admiració: però d'on ho treus, tot això? Ella arronsava les espatlles i somreia, contenta de ser millor que l'Adela en alguna cosa.

S'enfadava amb la seva mare les tardes que no li deixava anar a casa la cosina: no pots anar-hi cada dia, que els tiets ja en deuen estar farts, de tenir-te sempre a casa! Però a la Marta això li semblava impossible. La tieta era molt amable: preparava uns berenars deliciosos que portava a l'habitació amb una safata, tot tan ben posat i amb uns tovallonets brodats, molt petits, plegats en forma de triangle. Deixava la safata damunt de l'escriptori i, abans de tancar la porta, se les quedava mirant un moment —totes dues ajupides, amb les cares enganxades a la casa de nines, fent veuetes i esclatant en grans riallades— i tancava la porta lentament, amb un gran somriure. De vegades li ensenyava vells àlbums de fotos de quan la mare i la tieta eren petites: quasi sempre anaven vestides iguals, la mare més esvelta, la tieta galtaplena, totes dues tan rosses.

El tiet Ramon també era molt simpàtic, tot i que tenia la mania de fer-li pessigolles i, amb aquelles mans de ferro, sempre acabava fent-li mal a les costelles. També li agradava agafar-la de les mans i fer-li fer una tombarella en l'aire. A la Marta li feia por, molta por, que un dia se li escapés una mà i acabés deixant-la anar, gairebé podia sentir el cop sec del cap esbardellant-se contra les rajoles hidràuliques del pis. Però quan el tiet se li acostava somrient i li oferia les mans, mai no gosava negar-s'hi.

Els seus pares eren menys afectuosos. Ell era un home sorrut que només de tant en tant —«per les festes assenyalades», deia la mare— es posava d'un bon humor un xic exagerat i començava a fer bromes que gairebé sempre semblaven fora de to. A la Marta la tractava amb un gran afecte, però sense manyagues ni pessigolles, sense dir-li reina, bufona, cuca o totes aquelles paraules que ella sentia dir tan sovint a casa de l'Adela.

La mare de la Marta era més extravertida i riallera, però com que anava sempre tan atrafegada —«la botiga té un horari molt esclau», repetia tot el sant dia—, no estava gaire a casa. Havia heretat el negoci dels seus pares i, tot i que hi tenia una dependenta que l'ajudava, no se'n fiava gaire i s'estimava més no deixar-la sola. Quan s'organitzava per tenir una tarda lliure i passar-la amb la seva filla era quan la nena feia cara de pomes agres perquè no podria anar a jugar amb la seva cosina. Allò la feia enrabiar molt, pensa ara la Marta, amb un punt de penediment.

Quan les noies van començar a créixer, el pis es va fer petit i tot el dia hi havia crits i baralles per entrar al quarto de bany o perquè la Sofia tenia la música massa alta i la Rita volia estudiar, o perquè l'Íngrid s'havia posat el jersei nou de la Sofia i ara s'ha donat i què vols dir, que estic més grassa que tu?

La majoria de les vegades, l'enrenou acabava amb una mena d'atac de nervis de la mare, una actuació —pensaven les filles— que sí que hauria merescut un Oscar. Esbufegava, alçava la veu i deixava anar tot de frases dramàtiques com ara «Ja en tinc un tip! Tot el dia netejant vàters/fregant terres/aguantant clients mal educats/suportant mirades fastigoses...». Després venia la lletania de laments autocompassius: «Estic perdent la vida en aquesta merda de barri/merda de feina/merda de pis». I ho rematava amb alguna amenaça del tipus «Qualsevol dia us deixaré a tots plantats i ja m'haureu vist prou».

El seu home la deixava dir, observant-la des de la seva butaca com si estigués assegut a la platea d'un teatre. I, quan acabava, es limitava a dir: «Però, dona, no siguis així, tampoc n'hi ha per a tant». La Rita hauria volgut que algun dia el seu pare s'aixequés d'una revolada i clavés un cop a la taula amb el diari cargolat. Que digués «Ja n'hi ha prou, dona! Para de queixar-te! Que no veus que ens ofens i ens menystens?». Però davant d'aquella exhibició d'infelicitat, el pare romania impertèrrit, cada vegada més enfonsat a la seva butaca i, finalment, quan la mare es tancava a la seva habitació amb un cop de porta, brandava el cap lentament i tornava a posar-se les ulleres.

De vegades, la mare tornava al menjador i feia una altra cara, un somriure postís i reconciliador: «Amb aquestes nenes tan maques, que qualsevol de les tres podria ser actriu, però esclar, aquí, al cul del món, qui se n'adonarà?».

La Rita encara era una nena quan va decidir que volia dedicar-se a la interpretació, com la seva mare. Mai no va dubtar que ella sí que ho aconseguiria perquè, en lloc de disfressar-se d'actriu, es prepararia per ser-ho. I en lloc de renegar de la seva família, del barri, de la seva vida, faria servir aquelles circumstàncies per a la inspiració.

En Guillem acabava de fer onze anys. Estava jugant a pilota amb els amics al solar de prop de casa i va veure el seu germà i el noi esquifit que caminaven de pressa, com si no volguessin que els veiés i provés d'atrapar-los. No pensava fer-ho.

Es va quedar allà, xutant la pilota i cridant goool!, quan passava entre la paperera i el fanal. Al cap d'una estona, els amics van començar a dir que volien plegar, que feia massa fred. La temperatura havia anat baixant durant tot el dia i ell també tenia els peus gelats. Es va quedar només uns minuts assegut en un banc, mirant el cap de carrer per on havien desaparegut en Fèlix i el seu amic. S'estava fent fosc i gairebé no s'hi veia.

Va entrar a casa, va agafar un parell de magdalenes i un got de llet i va anar al menjador. El seu pare seia capficat, amb la taula plena de factures i la calculadora a la mà. Tenia el transistor engegat i sonava la veu d'en Lennon tota l'estona, una cançó darrere l'altra.

—Quina pena, oi?

El pare va brandar el cap. S'havia ficat el llapis a la boca mentre ordenava els papers. Semblava afectat per la notícia que havien conegut aquell matí: un home havia matat en Lennon davant de l'edifici on vivia.

La mare encara no havia arribat de la botiga i en Xavi estava entrenant-se. Era, doncs, una tarda tranquil·la, una tarda com qualsevol altra. Ningú es podia imaginar que en aquell mateix moment començava a rodolar la bola de neu minúscula que havia d'anar creixent i creixent fins a estavellar-se contra totes les tardes plàcides del món.

L'accident que va deixar coix en Fèlix de per vida no es va acabar d'aclarir mai del tot i tothom s'hi va referir sempre més com un episodi tèrbol del qual ningú no tenia ganes de saber-ne els detalls.

Una veïna de dos carrers enllà —una dona gran que vivia sola— va avisar la policia perquè, després d'haver sentit sorolls estranys a casa seva, en sortir al jardí hi havia trobat dos nois estassats damunt de les mates de menta. L'un tenia un braç trencat, l'altre, en Fèlix, estava inconscient. Tot semblava indicar que havien caigut des de la teulada.

El noi del braç trencat va donar explicacions molt confuses per justificar què hi feien, ell i el seu amic, a la teulada de la casa de la veïna. Com que la dona coneixia els dos vailets del barri i estava molt amoïnada per la gravetat d'en Fèlix —els metges temien per la seva vida—, va insistir a la policia que abandonessin qualsevol investigació dels fets. Només era una entremaliadura, una bretolada que havia acabat en tragèdia.

En Fèlix va sortir de l'hospital un dia de molt de fred i va tornar a casa per recuperar-se lentament. Va passar uns mesos en cadira de rodes i, després de molta rehabilitació, va acabar caminant amb l'ajuda de crosses. Tal com els metges havien pronosticat, es va adaptar prou bé a la nova situació. La família, en canvi, no se'n va sortir.

La invalidesa d'en Fèlix va canviar-ho tot i va trencar l'equilibri interior d'aquell grup de cinc persones. A partir d'aleshores, totes les ineptituds, els errors o les roïneses del fill mitjà van passar a ser culpa de l'accident: el cop de porta que va violentar tota la família el primer Nadal; la proliferació de suspensos; el gest de treure's les vambes i plantar els peus pudents damunt de la taula de centre quan estaven tots mirant la tele; la voracitat amb què s'acabava les costelles sense deixar-ne al seu germà; el somriure cínic després d'haver-li fotut la xicota a en Xavi; la indiferència absoluta al seu rostre el dia que va morir el pare.

«És per l'accident», deia la mare, «hi ha alguna cosa a dins seu que no acaba de rutllar».

En Guillem tenia un diagnòstic clar: estava convençut que el seu germà havia detectat, tot just sortir de l'hospital, que aquella desgràcia li seria útil tota la vida per amagar les seves grans i miserables mancances.

A la mateixa època que va decidir marxar de casa quan el seu pare vingués de visita, en Jim va començar a revisar, amb esperit crític, la peculiar història de la seva família. La primera revisió va consistir a concloure que no en podia dir pas família, d'aquell triangle que formaven la Cindy Miller, en Pere Dorca i ell. S'acostava molt més a la realitat dir que ell era el resultat de l'embolic d'estiu entre un cambrer i una turista.

L'adolescència tot just s'albirava quan va començar a preguntar-se per què aquella noia de Califòrnia, que només havia vingut a Catalunya de vacances, va decidir quedar-s'hi. Si en Pere havia marxat, deixant-la sola amb un nadó, què la retenia en aquest racó de món, tan lluny de la seva àmplia i ben situada família americana?

Quan l'hi preguntava, les respostes eren diverses i no n'hi havia cap de prou convincent: estic enamorada d'aquest mar; no volia que perdessis les teves arrels empordaneses; hi havia fet amics que em volien ajudar; vaig trobar aquesta casa perfecta i atrotinada i volia quedar-m'hi. Mai no va dir: quan el teu pare torna, vull que ens trobi aquí.

En Jim s'imaginava com hauria sigut la seva vida a Amèrica. Havia conegut els seus avis i la resta de la família Miller quan va viatjar-hi, poc després de fer sis anys. La casa a Sausalito, el tiet escultor, la tieta fotògrafa, els cosins i cosines que semblaven personatges de les sèries que ell veia a la tele del menjador de casa.

L'estiu següent va demanar a la seva mare que hi tornessin, però no tenien prou diners. Va passar el mateix l'any següent, i l'altre. Ell feia una rebequeria repetint fins a la sacietat vull anar a Sausalito vull anar a Sausalito vull anar a Sausalito, fins que la seva mare embogia i li contestava, amb mal to, que quan hi havia estat feia uns anys, no havia obert la boca i s'havia comportat amb una timidesa que ratllava la mala educació.

Era veritat. Es va sentir intimidat tota l'estona i, quan van tornar, quan va anar reconeixent des del cotxe els camps de blat i les oliveres polsoses, els blocs d'apartaments construïts de qualsevol manera, les botigues amb els matalassos de platja penjats a fora, el rètol rovellat amb el nom del poble, quan va veure tot allò que sempre havia trobat depriment i xaró, es va sentir a casa. I allò —va pensar—, allò sí que no l'hi perdonaria mai, a la seva mare.

La Marta va voler apuntar-se a ballet perquè l'Adela volia ser ballarina. Ho va dir des de ben petita, quan totes dues llegien, estirades damunt de l'estora de la seva habitació, el conte del soldat que li faltava una cama i s'enamorava de la noia que giravoltava damunt d'una sola sabatilla de punta. Un amor solidari que no s'acabava bé.

Quan van fer sis anys, es van apuntar totes dues a una acadèmia. Com tantes altres vegades, van ordir un pla i van actuar coordinades, un front comú en forma de gota malaia per aconseguir que els pares donessin el sí. No va ser fàcil: l'acadèmia era una despesa i obligava els adults a estar pendents d'acompanyar i recollir les nenes dos cops per setmana. Aquell any, per Reis, tots els regals van estar relacionats amb el ballet: un mallot, unes mitges, una bossa per dur la roba, uns escalfadors... el tutú i les sabatilles de punta serien per a més endavant, quan es confirmés que les nenes persistien.

Al començament, a la Marta tot allò del ballet més aviat li feia mandra. Però aquelles dues hores setmanals van resultar ser un oasi, un món aïllat i perfecte lluny de les matemàtiques i la rigidesa de l'escola, un món on tot era bonic i delicat. La calidesa del terra de fusta, els colors pàl·lids dels mallots, les pólvores perquè les sabatilles no rellisquessin, les rialles de les nenes, la melodia suau del piano. La veu monòtona de la professora donant instruccions: plié, relevé, demi-plié.

El progrés de les dues nenes va ser desigual. L'Adela, més gràcil i esvelta, semblava haver nascut per al ballet. La Marta anava millorant a un ritme més lent, sense destacar.

L'any que en feien deu, la professora els va recomanar que demanessin als Reis unes sabatilles de punta. Començarien a practicar de manera gradual durant aquella mateixa temporada. Si volien, també podien demanar el tutú que es posarien per fer el ballet de final de curs. Es tractava d'un moment molt emocionant per a les ballarines, la mestra ho sabia i en va parlar solemnement, com si es tractés d'un ritual iniciàtic: «Heu de saber que tenir les primeres sabatilles de punta és una responsabilitat. Cal triar-les bé i saber cuidar-les».

Els Reis, aquell any, van ser un esdeveniment. L'emoció va despertar les nenes de matinada i, a totes dues cases, abans de les vuit del matí ja s'havien obert els regals. La Marta va trucar a la seva cosina —les tens?— perquè la impaciència no la deixava esperar fins al dinar familiar.

Les sabatilles eren una preciositat, totes dues d'un rosa pàl·lid i amb cintes llargues i sedoses. Havent dinat es van posar el mallot i la faldilla de tul, d'un blanc gelat, com una corol·la. Van assajar uns pliés i relevés davant dels seus pares, un auditori embadalit que va aplaudir com si estiguessin veient *El trencanous.*

El festival de primavera de l'Escola de Ballet va ser un èxit sensacional. La Marta i l'Adela van sortir juntes de casa, vestides amb roba esportiva, els cabells recollits ben tibants i esquitxats de purpurina i el tutú en una bossa, amb les sabatilles de punta. Abans de sortir a l'escenari es van mirar juntes al mirall, agafades de la mà. Somreien a les nenes reflectides, molt més guapes i sofisticades que no pas elles.

En acabar, mentre saludaven el públic, l'Adela li va dir a cau d'orella: Ho has fet molt bé, has sigut la millor. La Marta va mantenir el cos inclinat i el somriure als llavis, mentre una escalfor desconeguda li pujava coll amunt fins a pintar-li les galtes de vermell.

El dia que la germana gran de la Rita, l'Íngrid, feia quinze anys, la seva mare va arribar tard a casa. El marit i les filles l'esperaven per celebrar l'aniversari. Tenien a punt el pastís de trufa que li agradava a l'Íngrid, amb les espelmes, i les copes i l'ampolla de cava a la nevera. Les germanes havien comprat flors i amagaven un paquet ben embolicat.

La Rita, asseguda al braç de la butaca on seia el pare, va sentir la clau al pany i va preparar un rictus recriminatori. Venia més tard que mai. De fet, feia setmanes que arribava passades les deu, tot i que el súper tancava a quarts de nou.

La va veure avançar pel passadís, embotida en uns leggins que se li arrapaven a les cuixes marcant-li les cartutxeres. Se sentien els cops de taló damunt de les rajoles. Duia uns botins platejats.

Tot i que encara anava maquillada, la Rita va trobar que feia molt mala cara i ho va atribuir al fred que devia haver passat durant tot el dia. A la caixa del súper sempre hi havia un corrent d'aire gelat, i la seva mare era massa presumida per posar-se un jersei de llana o una dessuadora ben gruixuda. Per lluir s'ha de patir era el seu lema. La Rita estava segura que havia tornat a agafar una galipàndria.

En entrar al menjador, la mare va deixar anar un hola pansit que es va quedar surant en aquell escenari preparat per a la festa. L'Íngrid va bufar les espelmes mentre les germanes li cantaven l'«Aniversari feliç» i el pare va immortalitzar el moment amb la càmera. Somreien, però no hi havia res més trist que aquell menjador fred, que les ombres fosques a sota dels ulls de la mare. Tots se'n van adonar.

Ella, la mare, va començar a parlar com si algú li hagués preguntat què li passava. La Rita va notar com el seu pare —el tenia tan a prop que els braços es tocaven— es posava rígid i s'asseia amb el cul enrere per tenir l'esquena més recta.

I la mare va dir que s'havia enamorat d'un altre home, que com que les filles ja eren grans —va dibuixar un petit somriure i va assenyalar amb un gest pretesament divertit el pastís d'aniversari amb les quinze espelmes apagades— havia pensat que no passava res si marxava de casa, que ja se'n sortirien. La Rita tenia aleshores onze anys i la Sofia nou.

Quan ella va callar van seguir tots en silenci, el pare i les filles. Tots quiets com espantaocells enmig d'un camp de blat, desmanegats i suportant estoicament l'embat. La mare va dir, aleshores: al cap i a la fi, no em tindreu gaire lluny, me'n vaig a viure al quart segona, amb en Bigorra. I la Rita va visualitzar el rostre del veí, un home alt i prim, amb els ulls enfonsats com si sempre estigués malalt i els dits grocs de nicotina. Només el coneixia de coincidir amb ell a l'ascensor. Ni tan sols sabia com es deia de nom de pila. Mai no li va cridar l'atenció per a res, ni per a bé ni per a mal. S'havia quedat vidu uns anys enrere i vivia sol des d'aleshores.

La mare no va preguntar a les filles, ni tan sols a la petita, si volien anar-se'n a viure amb ella i en Bigorra. Només va dir que, com que estaria tan a prop, per a qualsevol cosa que necessitessin podien pujar al quart segona. Després va entrar a la seva habitació i van començar a sentir sorolls i la van imaginar fent la maleta.

Va tornar a entrar al menjador per agafar l'abric. Duia un bocí de paper de plata a la mà.

—No us sap greu, oi? En Bigorra és tan llaminer...

Tot d'una els va veure: la seva mare i en Bigorra, al llit i totalment nus, menjant-se el tall de pastís a cullerades. Ara ella li eixugava una mica de nata de la comissura de la boca, ell li empastifava el mugró i després l'hi llepava... va necessitar anys per esborrar aquella imatge.

Un dia, a l'escola, la mestra va dir, així com de passada, que els germans del mig eren els més desgraciats. Era una bona mestra i probablement una bona persona. Grassa, pèl-roja, amb els ulls petits i blaus, i en Guillem se'n refiava. Allò dels germans del mig ho va dir amb un petit somriure, per no ferir la sensibilitat de tots els alumnes que patien aquella circumstància. Va aclarir que no es tractava d'un gran inconvenient, sinó simplement que, de vegades, als germans mitjans els costava una mica més de cridar l'atenció dels pares, pendents de les primeres vegades del gran i de les gràcies del petit de casa.

En Guillem va aixecar la mà i la mestra li va donar la paraula:

—Guillem, tu ets el del mig? Potser vols compartir amb nosaltres la teva experiència...

I ell va explicar que no, que ell era el petit de tres i que, a casa seva, el germà del mig era el preferit dels pares i que sempre feia el que li donava la gana i mai no el castigaven.

Aquella mateixa tarda, la mestra va trucar a casa d'en Guillem. L'endemà el nen va rebre dues repassades. La mare el va renyar per haver parlat malament del seu germà davant de la mestra i de tota la classe. Què n'ha de fer la gent, de les nostres coses? La mestra, més amable, li va fer veure que no estava bé això de sentir-se gelós d'un germà «amb problemes». Quins problemes?, va preguntar en Guillem. «Els derivats de l'accident que va tenir», va dir ella, seriosa. Aquell dia en Guillem va entendre que no es podia fiar dels adults, que ni tan sols la mestra, que era bona persona i que estava lliure de la influència d'en Fèlix, ni tan sols ella, no havia entès que allà l'únic que tenia problemes era ell.

Una nit de juliol, 00.23 h

La conversa, durant una bona estona, va consistir en un intercanvi de mostres d'interès formals però sinceres.

—Els teus pares com estan, Marta?

—I les teves germanes?

—La teva mare encara viu sola al Mas Xic?

Va ser un procés de desgel. Havien passat quinze anys sense tenir més comunicació que l'estrictament necessària, i aquells primers minuts van oscil·lar entre l'alegria i la incomoditat.

Tot d'una, enmig de les preguntes i les respostes, la Rita es va aixecar i va començar a caminar entre les taules, mentre els altres —que seguien parlant—, l'observaven de cua d'ull. De seguida van veure que s'estava dedicant a arreplegar els poms de flors, i en va fer una bona collita.

Una florista jove de Begur havia guarnit les taules, i cada centre floral era diferent. N'hi havia un amb peònies blanques i roses, un altre amb una sola flor d'hortènsia blava ben acompanyada de verd, un pom de margarides, un que barrejava roses de color ataronjat amb gira-sols menuts i un de gerberes d'un rosa esclatant.

Quan els va tenir tots aplegats damunt de la taula on ells eren, s'hi va asseure ben a prop i va ser com si la bellesa de les flors encengués sobtadament la bellesa de la Rita. Ho va veure en Jim, ho va advertir en Guillem, se'n va adonar la Marta. Tots tres se la van quedar mirant en silenci. I en el silenci hi havia ressentiment, desig, gelosia i recança.

Els ecos de la humiliació

Quan la seva mare va començar a treballar fent classes de pintura i ceràmica a Palafrugell, en Jim anava a dinar a casa de la seva àvia paterna, l'Angeleta, que feia molts anys que era vídua. Al començament va remugar: de l'escola a casa l'àvia hi havia una bona caminada i, a més a més, mai no l'havien tractada gaire... No hi tenia confiança i segur que estarien incòmodes. Però després de la primera setmana —fricandó, sopa d'arròs i fideus amb pilotilles, macarrons, pastís de patata, costelletes de cabrit amb patates rosses— ja no es va tornar a queixar.

L'Angeleta era una cuinera excel·lent i també era una àvia divertida, que explicava unes històries que no s'acabaven mai perquè se les anava inventant a mesura que avançava. També tenia dos gats. El gran era tot negre i es deia Marçot, perquè va aparèixer pel seu jardí el primer dia de març i ja no va marxar. La gata era filla de la gata d'Angora dels veïns, que era una mica tronera i a les nits sortia a lligar. Tenia el pèl gris, força llarg, i els ulls de color groc. Com que havia nascut per Sant Joan, es deia Piula.

L'àvia cuinava, explicava contes, jugava amb ell a la brisca i, de tant en tant, anomenava el pare d'en Jim, en Pere. Sempre era de passada, com aquell qui no vol la cosa: L'arròs blanc t'agrada una mica covat? Mira, com al teu pare. Ell ignorava sempre aquesta mena de comentaris, com si no els hagués sentit, i l'àvia, sempre, sense fallar mai, movia el cap a banda i banda, amb una negativa desolada que volia dir «Sembla mentida aquest fill que tinc, que permeti que passi això, que s'estigui perdent aquest nen tan espavilat, que sigui tan poca-solta».

Havent dinat, l'àvia i en Jim s'asseien al sofà i, de seguida, la Piula i el Marçot s'hi enfilaven i s'asseien l'un a la falda de la dona, l'altre a la del nen. Si hi ha un record clar i tendre d'aquells anys és aquell pes calent damunt de les cuixes i la seva àvia al costat acaronant el llom negre del gat que tenia a la falda. Aquella mà tacada, amb les venes prominents i les ungles ben arreglades, anant amunt i avall, amunt i avall. I els roncs dels dos animals, el so del benestar.

Per celebrar els quaranta anys de la mare havien decidit marxar uns dies, aprofitant el pont de la Puríssima. El destí escollit va ser Carcassona. Els havien dit que s'hi feia un mercat de Nadal preciós.

Unes setmanes abans, mentre sopaven, la Marta va fer la primera temptativa:

—Podem convidar l'Adela?

Pel mig somriure de la mare va entendre que ja s'esperaven la petició. Va reblar el clau veient que no seria difícil de convèncer-los:

—Jo sola m'avorriria... totes dues juntes ens divertirem i així us deixarem tranquils.

Només tenia deu anys però, com a bona filla única, ja havia après a manipular els pares a conveniència. El problema va ser convèncer els tiets, que trobaven que acceptar la invitació era un abús.

El pare hi va insistir, la mare va apel·lar a la confiança entre germanes, però els tiets es van mantenir ferms en la seva decisió. A la Marta li semblava incomprensible i, sobretot, injust. I quin sentiment tan intens que provoca la injustícia quan tens deu anys! De sobte, el viatge a Carcassona va perdre tot el seu atractiu i ja no li feia il·lusió ni la ciutat de conte de princeses, ni el mercat de Nadal, ni parlar francès. Va dir als seus pares que hi anessin sols i la mare s'enfilava per les parets. Però, al vespre, el pare va anunciar que havia parlat amb el tiet Ramon i que l'Adela aniria amb ells a Carcassona. La mare es va quedar tan parada que el pare hagués pres la iniciativa i que els homes sols haguessin resolt aquell problema, que va passar per alt el fet que estaven cedint al xantatge de la nena.

La diversió va començar l'endemà mateix. L'Adela i la Marta van fer llistes amb les coses que s'havien d'endur; van anar a comprar un necesser petit per portar-hi —ja pots comptar— el raspall de dents, la pasta, una pinta i clips per als cabells. Després van planificar la roba que s'emportarien i, finalment, van trencar les guardioles per comprar alguna figureta o una bola per a l'arbre a les parades del mercat nadalenc.

Parlaven de la roba que s'endurien. Planejaven que l'Adela deixaria a la cosina la dessuadora de color rosa a canvi de la bufanda verda i gruixuda. Per al viatge en cotxe de quasi cinc hores van comprar una bossa plena de llaminadures. Hi havia pega dolça vermella d'aquella que es cargolava, sidral de llimona, piruletes i xiclets de maduixa d'un rosa cridaner.

L'Adela va anar a dormir a casa dels tiets perquè l'endemà s'havien de llevar d'hora per emprendre el viatge. Mentre bevien la llet amb Cola Cao, la Marta es va fixar en els ulls de la seva cosina —la tassa li tapava la resta de la cara—, que brillaven com mai.

La mare havia dit que el pare les cuidaria, però va ser al revés. Des de l'endemà mateix que la mare pugés a instal·lar-se al quart segona amb en Bigorra, el pare es va anar encongint i entristint. El seu cos aclofat a la butaca era la viva imatge de la desolació.

L'Íngrid, com que era la gran, es va haver de fer càrrec de tot. Aviat va deixar els estudis i es va posar a treballar d'aprenenta a la perruqueria del barri. La Rita, quan va acabar el batxillerat, va començar a l'Institut del Teatre i, en sortir, feia unes hores al bar que el seu oncle tenia al Poble-sec. Quan tornava a casa, al metro, notava com les cames li feien figa i els peus li feien xup-xup. Però el cansament no era res comparat amb l'angoixa que sentia per haver d'entrar al bloc de pisos i pujar l'escala o esperar l'ascensor. La possibilitat de trobar-hi la mare, o en Bigorra, o tots dos junts, l'aterria.

Per increïble que sembli, en els vuit anys que van passar des del dia que va marxar la mare fins al dia que ella va marxar de casa del seu pare, això no va passar mai. Les seves germanes sí que van haver de passar aquest tràngol, fins i tot uns quants cops.

De vegades, quan arribava a casa, s'asseia una estona a fer companyia al seu pare. Ell llegia el diari i la Rita una novel·la o un text que havia d'estudiar per a l'Institut. El silenci era absolut i, tot d'una, es començava a sentir enrenou damunt dels seus caps. Ells vivien al segon, així que entre el seu pis i el d'en Bigorra hi havia el tercer però, tot i així, pensava la Rita, podia ser que al tercer no hi hagués ningú i per això els arribés nítidament el soroll del quart. Aquelles fresses domèstiques de coberts i arrossegament de cadires esdevenien esgarrifoses en aquell instant. El seu pare ni tan sols aixecava la vista del diari però ella es posava a parlar precipitadament, sense poder evitar-ho, i deia qualsevol bestiesa només per tapar els ecos de la humiliació que venien de dalt.

Viure a casa dels pares va esdevenir, després de l'accident d'en Fèlix, un autèntic suplici. Els pares, que mai no s'havien avingut gaire, van decidir actuar en bloc en tot el que feia referència a en Fèlix. Amb una compenetració admirable, no es cansaven de justificar-lo i el tractaven com el fill vulnerable a qui calia protegir.

La realitat era que en Fèlix havia esdevingut un autèntic aixafaguitarres, que va esborrar per sempre la possibilitat que la família celebrés res o, simplement, pogués fer un àpat familiar o passar uns dies de vacances en harmonia. Tenia una actitud despòtica i, de vegades, cruel. La seva llengua esmolada estava sempre a punt per ferir algú de la família.

En Xavi va començar a sortir amb una noia i la va portar un diumenge a dinar a casa. Era una noia molt tímida, que venia resignada a passar el tràngol, i en Fèlix va decidir divertir-se posant-la en evidència. Tot el dinar va ser un martiri, una exhibició obscena de maldat.

Com era d'esperar, en Xavi va anunciar aquella mateixa nit que començava a buscar pis i que mai tornaria a la casa familiar si hi havia de coincidir amb el seu germà. En Guillem encara recorda l'estupefacció que li va provocar la reacció de la mare: «Quina pell tan fina. S'ha de tenir sentit de l'humor, noi». Aquell dia, en canvi, va detectar un canvi d'actitud en el seu pare. Es mantenia en silenci, però es mirava el fill gran amb ulls de gos apallissat. Era un home vençut i atrapat: potser li havia caigut la bena dels ulls, però no podia admetre-ho sense perdre, d'una tacada, el seu fill mitjà i la seva dona.

De manera que després d'en Xavi va marxar en Guillem, i després el pare es va posar malalt i es va morir. I en aquella casa hi van viure, encara una vintena d'anys, un tirà i la seva mare, una dona atemorida que, quan els seus dos altres fills li trucaven, feia una veu alegre i deia, sense fallar mai: «Estem la mar de bé, aquí tots dos junts».

A Carcassona hi feia molt fred. Les cosines passejaven pels carrers estrets de la ciutat fortificada amb les mans a les butxaques i el rostre enfonsat a les bufandes. Hi havia força gent i els pares de la Marta les feien caminar al davant per vigilar que no es quedessin encantades en una botiga de souvenirs o que no es despistessin amb els seus jocs: ara caminem amb els ulls tancats, ara fem dues passes i un saltiró.

El dia que havien de tornar a casa va començar a pluïnejar ben d'hora, mentre esmorzaven. El pare de la Marta va decidir que valia més no entretenir-se, per si la barreja de pluja i retencions els feia arribar tard a casa. Les nenes tenien escola l'endemà. Quan van pujar al cotxe, el pare va posar la ràdio i la mare les va fer callar mentre apujava el volum:

—Calleu, nenes, calleu! Ho has sentit? Han matat en John Lennon!

Els pares es van quedar en silenci mentre el locutor ampliava la notícia. Després la mare els va explicar que ella i la tieta eren molt fans dels Beatles i que van tenir un disgust molt gran quan el grup es va separar.

La Marta i l'Adela van aprofitar per preguntar coses de quan les seves mares eren petites. No hi havia res que els agradés més que imaginar-les quan tenien la mateixa edat que ara tenien elles. S'hi van estar una bona estona, fent-la parlar d'aquells anys.

Van tenir l'accident quan només feia mitja hora que havien sortit de Carcassona. Les nenes cantaven al seient del darrere *Si tu vas au ciel, en patinant, fais moi un petit trou, que je monte-la*. La Marta deia la frase i l'Adela la repetia.

Anaven darrere d'una caravana que circulava molt a poc a poc. Plovia molt. El pare de la Marta conduïa tranquil i resignat. Llavors, el cotxe del darrere seu va voler avançar-los a ells i a la caravana i, quan va trobar-se un camió en direcció contrària, va tornar al carril amb una maniobra brusca i els va desplaçar de la carretera. El seu cotxe va caure daltabaix pel marge.

La Marta recorda cops al cap i una volta de campana, molts xiscles i un gran terrabastall. Quan va obrir els ulls se sentien els gemecs de la mare, que s'havia partit les cames. I res més. El seu pare semblava desmaiat —o mort—, amb el cap damunt del volant i una ferida que sagnava a la barbeta. Al seu costat, l'Adela no es movia. Li regalimava un rajolí de sang des del front, galta avall.

Va posar-se a cridar i a plorar. Mama! Papa! Adela! I hi tornava: Mama! Papa! Adela!, fins que la seva mare, entre sanglots, va intentar tranquil·litzar-la. Ara ens vindran a ajudar, Marta, no ploris, mira, ara venen...

Van arribar uns homes que la van fer sortir del cotxe: No ploris, maca, que ara vindrà l'ambulància, seu aquí, en aquesta pedra, i pensa en una altra cosa, que aviat haurà passat tot.

La pedra era punxeguda i se li clavava a les natges. Encara plovia, però menys. Es va revisar els braços i les cames, la panxa, el coll. No tenia cap ferida, no li feia mal res. Allà mateix va començar un rau-rau que, ella aleshores no ho sabia, ja no havia de marxar mai més. La mare amb les cames trencades, el pare amb commoció cerebral, l'Adela, morta. I ella, que no s'havia fet res. Per mirar de tranquil·litzar-se es va posar a cantar per dins: Si tu vas al cel, en patinet, fes-m'hi un bon lloc, que hi pujo jo.

Una nit de juliol, 00.45 h

El silenci —només esquitxat pel lladruc d'un gos llunyà i la remor d'alguna rauxa de vent que feia moure les branques dels arbres— es va trencar sobtadament quan van veure sortir de la casa la Joana i en Martí.

—Mi-te'ls, els nuvis, quin goig que fan!

Ella s'havia tret el vestit llarg de color d'albercoc que duia per a la cerimònia, i amb els pantalons curts i la samarreta de tirants tornava a tenir vint-i-pocs anys. El seu home feia cara de cansat. Havia sigut un dia molt llarg.

—Anem a dormir, que estem trinxats.

—Esclar. Ha sigut una festa estupenda!

Van estar-hi tots d'acord i van tornar a dir-ho mentre la Joana s'acomiadava amb un petó a la galta de cadascú. Després va agafar en Martí de bracet, recolzant tot el pes del cansament en aquest gest, i els va dir:

—Us vull donar les gràcies, a tots quatre.

—I ara!

—Sí, sí... deixa'm parlar. Us vull agrair que ho hagueu fet tot tan fàcil i agradable, que hagueu estat de bon humor i tan afectuosos amb tothom. Podia haver sigut una situació molt incòmoda.

—Doncs ja veus que estem comodíssims...! —En Guillem

va fer un gest assenyalant totes les copes i les ampolles buides i plenes que hi havia a la taula.

—M'agrada veure-us així.

—...beguts?

—Tots junts, tots quatre, com abans.

La Rita acaronava els pètals de les flors que tenia a prop. En Jim va fer un glop. En Guillem va estirar els braços per desentumir l'esquena. La Marta es va aixecar i va arreglar el pentinat de la seva filla. Li va posar bé la gardènia que duia al recollit.

—Marxeu demà mateix, oi?

—Sí, de bon matí.

—Que tingueu bon viatge!

—Feu un missatge quan ja sigueu a lloc!

Quan va arrencar el cotxe, tots quatre van caure altra vegada en el mateix silenci d'abans. Es tornaven a sentir el gos i el vent.

L'amor de la Marta i en Jim

Havien passat deu anys des d'aquell aniversari, l'últim que hi havia l'Adela. Els dies anteriors, la Marta s'imaginava el moment: la mare portaria a taula el pastís amb vint espelmes —aquesta vegada totes seves— i la tieta Carmina començaria a plorar immediatament. Primer deixaria caure unes llàgrimes que rodolarien a poc a poc per les galtes fins a arribar al precipici de la mandíbula, el tiet Ramon li passaria el braç damunt les espatlles i li oferiria un mocador de paper, amb un gest resignat i una brevíssima mirada de disculpa adreçada a ella, la Marta, que es prepararia per bufar. La tieta recordaria —com si algun d'ells pogués oblidar-se'n ni un segon— que l'Adela també hauria fet vint anys, que aniria a la Universitat, que segurament ja s'hauria enamorat per primera vegada, o que potser hauria marxat a viure un temps a l'estranger… potser hauria, podria, seria, tota una vida en condicional. I es preguntava si ella, si la Marta Recasens Andreu, existia només per a això: per recordar tot el que hauria viscut l'Adela si no s'hagués mort el dia que cantaven «Si tu vas al cel».

Ara ella bufaria vint espelmes mentre recordava aquell aniversari dels deu anys i les paraules de la cosina: «Figura que avui és el dia que en fem vint».

El pastís, per dolç que fos, tenia un gust amargant. Havia proposat als tiets no celebrar l'aniversari, però sempre rebia una negativa indignada: I ara! Sort que et tenim a tu!

...I quina sort que tens tu d'anar fent anys, no com l'Adela. Un plus de responsabilitat, com si ella fos l'afortunada amb un cop de sort que no mereixia.

Va tornar, doncs, el ritual funest de cada any. Va rebre els tiets amb petons i somriures; va fer festes al fricandó de la mare i va brindar pels seus vint anys, però quan va arribar el moment del pastís, li van començar a fallar les forces. La seva mare s'havia aixecat per anar a buscar-lo a la cuina i ella va projectar mentalment la imatge abans que es produís: es va aixecar d'una revolada i va deixar anar un rosari de disculpes a mig dir. Va agafar la bossa i va marxar de casa mentre veia de cua d'ull la taula desolada i la mare al pas de la porta amb el pastís encès com una torxa tràgica.

Va caminar pels carrers de l'Eixample sense saber què fer ni on anar. S'havia aixecat un aire humit i els cabells i la faldilla llarga voleiaven seguint la mateixa cadència. Quan va començar a ploure, va entrar en un bar llarg i estret, amb una barra inacabable i encara massa buida. Es va asseure al principi de tot, allà on feia cantonada, en un tamboret alt, i va demanar una copa de vi. De seguida va pensar en la seva cosina i va parlar-hi mentalment: «Ja ho veus, Adela, mira com és tenir vint anys: estic sola en un bar bevent, semblo la protagonista d'una sèrie americana». El pensament la va fer somriure.

—De què rius?

Era un noi de barba rossa i ulls riallers.

—Tu què n'has de fer?

El noi va fer un gest als amics, que van sortir al carrer. La porta es va tancar a poc a poc, xerricant, i el noi va recolzar els colzes a la barra i va obrir un somriure una mica tort:

—No em contestis així, dona, que no et vull cap mal!

I tot d'una, a la Marta li va semblar que deia la veritat, que aquell noi no podia voler-li cap mal perquè tenia mirada de bona persona. Va pensar que no hi havia res que li vingués més de gust que celebrar el seu aniversari amb un desconegut.

En aquella primera conversa, ell va enraonar molt més que ella i la Marta va saber que acabava de conèixer en Jim Dorca Miller, fill d'empordanès i americana, vint-i-un anys acabats de fer, estudiant de filosofia, circumstancialment resident a Barcelona però amb ganes de tornar al mas de Torrent on l'esperava la seva mare, que era, en les seves paraules, una hippy de les de veritat.

En Jim xerrava i xerrava del Montgrí i de les Gavarres, d'Aiguablava i de Montgó, de les pinedes i dels penya-segats, de la vida senzilla i caòtica que la mare i ell havien construït i, tot d'una, aquella casa que no coneixia, «un gran i meravellós desordre que cau a trossos», li va semblar el paradís, i aquell estil de vida que es podria resumir a anar descalç tot el dia la va atraure com si sempre l'hagués desitjat i ara l'hi posessin davant dels ulls, a l'abast de la mà.

La Marta escoltava una mica aclaparada el discurs ple d'entusiasme d'aquell noi alt i prim, i mentre ho feia entretenia la mirada en la madeixa dels cabells rossos, que creixien en un desordre artístic, i mirava de posar un nom al color indefinit dels seus ulls, que barrejava el verd, el gris i el blau.

I ell, en Jim, segons repetia sempre que recordaven la nit que es van conèixer, va veure en els ulls d'aquella noia una llum tremolosa (com la de les espelmes del pastís, diria més endavant, quan ja sabia que aquella nit era l'aniversari de la Marta, fent una mica de trampa per millorar el relat).

A la Marta li va semblar que el somriure d'aquell noi llargarut podia fer-li passar totes les angoixes.

En Jim va mirar a dins dels ulls de la Marta, que tenien els iris de color d'ambre, esquitxats amb puntets verdosos i encerclats amb una línia fosca, que semblava pintada amb un llapis de punta esmolada.

Ella no havia sentit mai una veu que l'abrigués. Ell no recordava haver-se mort de ganes d'olorar els cabells d'una desconeguda.

De matinada, la Marta va entrar sigil·losament a casa dels seus pares —encara hi havia les restes del pastís damunt de la taula parada i li va semblar que encara es podia sentir l'eco dels sanglots—, va ficar quatre peces de roba en una bossa i va escriure una nota que va deixar enganxada a la nevera: «He marxat uns dies a la Costa Brava amb uns amics. No patiu».

Va escriure uns amics, en plural, perquè li va semblar que no feia tant d'efecte i perquè ella mateixa estava impressionada de veure's transgredint totes les normes que havia après des de petita. Estava donant vida a la Marta que la seva cosina havia imaginat quan totes dues tenien deu anys.

Van empassar-se els quilòmetres en silenci i quan en Jim va dir: Hem arribat, el cel ja clarejava.

La imatge que la Marta havia de guardar per sempre a la memòria li va aparèixer davant dels ulls quan el cotxe va fer l'últim revolt: l'era polsegosa davant d'un mas força atrotinat i una dona rossa —una trena llarga a l'esquena— que estenia llençols. Duia un vestit blanc i vermell que voleiava deixant al descobert unes cames llargues i primes. Era la Cindy, la mare d'en Jim, la que havia de ser la seva sogra. Potser seria excessiu dir que la va estimar des del primer dia.

En Jim va fer sonar el clàxon: la Cindy va deixar un llençol a mig estendre i va començar a córrer per rebre'ls amb els braços oberts. La roba blanca es va quedar tot el dia entortolligada al filferro.

Feia un juny esplèndid, que la majoria dels dies oferia un cel empordanès d'un blau net, amb quatre núvols que dibuixaven formes estranyes. Els vespres que bufava tramuntana, el mas els oferia un concert de porticons que petaven, mobles vells que xerricaven, i els udols i gemecs del vent que es filtraven per les esquerdes.

El Mas Xic feia una olor molt particular. Una olor de fusta i de pols, amb un punt d'humitat, aquella olor que només guarden les cases que tenen molts anys, les parets gruixudes i els sostres alts.

L'entrada de la casa era espaiosa, amb rajola de tova, volta catalana i una mitja arcada per entrar a la cuina. Hi havia un banc de fusta que en Jim deia que era d'església i una àmfora de fang enorme.

En aquells dies al Mas Xic, la Marta va tastar una vida molt diferent de la seva, on hi havia riures, sal a la pell i amanides de tomata i ceba tendra. Li agradava quan tornaven de la platja i entraven a casa descalços. Es quedava embadalida mirant les petjades molles d'en Jim a les rajoles i el rastre de granets de sorra.

La Cindy era una nena petita empresonada en el cos d'una dona de quaranta-cinc. Era impulsiva, entremaliada, irresponsable, no sabia dir mentides ni aprendre lliçons de res. Per això, en conèixer-la, la Marta va entendre de seguida allò que en Jim no comprenia de cap manera: que la seva mare rebés sempre amb afecte i naturalitat aquell home que l'havia deixat abandonada. La Cindy feia sempre allò que el cor li dictava. I el seu cor es posava a fer saltirons d'alegria quan veia en Pere, i si li venien ganes d'abraçar-lo, l'abraçava, i si li venia de gust fer-li un bon arròs negre, l'hi feia, i si volia dormir amb ell, hi dormia. Així de senzill.

Sogra i nora es van entendre bé des del primer moment. Les peculiaritats de la Cindy —que solien enervar el seu fill—, a la Marta li feien gràcia. El fet que mai no estigués del tot atenta a la conversa, que sempre semblés despistada, aquella manera tan seva d'explicar les coses, amb un discurs erràtic, amb silencis que es feien eterns a mitja frase, que barrejava anglès i català sense ordre ni concert. La trobava molt divertida.

Per a en Jim, en canvi, adaptar-se a la família de la Marta va ser un suplici. És com voler embridar la tramuntana, pensava la Marta.

I encara més difícil li va resultar respirar l'aire viciat d'aquell nucli familiar presidit per una absència. En Jim compartia àpats familiars amb el posat —entre resignat i furiós— d'un pres acabat de tancar. Quan marxaven, la feia entrar al bar de sota i demanava un tequila. Amb un gest ràpid de canell feia anar el líquid coll avall i després la mirava amb una mirada entre compassiva i desconcertada:

—Redeu, quina tristesa! Però com has pogut sobreviure en aquest pou?

De manera que, una mica perquè la seva naturalesa l'hi empenyia i una mica perquè se sentia obligat a rescatar la Marta, en Jim va dedicar-se en cos i ànima a omplir-li el calendari de dies feliços.

Els seus pares van acabar admetent que en Jim era un bon

home, honest i de bons sentiments, que la feia feliç, però no li veien cap més gràcia. Trobaven que era força gandul i poc ambiciós i que la seva filla no havia fet gaire sort. No entenien el seu sentit de l'humor, que la feia riure tant, ni admiraven el seu optimisme insubornable, no valoraven la seva creativitat, ni compartien les seves ganes de viure. La Marta, al contrari que els seus pares, trobava que havia fet tota la sort del món. En Jim —i tot el seu món, la Cindy, el Mas Xic, la Costa Brava— era el salconduit que necessitava per fugir de la cel·la fosca que habitava des d'aquell desembre del 1980.

Els primers anys de relació els van viure a la manera d'en Jim, sense obligacions, sense comoditats, sense arrels. Als estius feien de cambrers a qualsevol poble de la Costa Brava i, amb el que guanyaven, passaven l'hivern, alternant els viatges amb les estades al Mas Xic.

—M'agrada anar-me'n i m'agrada tornar —li deia la Marta.

—Per això m'agrades —contestava en Jim.

I, quan la Marta deia m'agrada tornar a casa, ho deia pensant en el Mas Xic i en la Cindy, no pas en el pis dels seus pares a Barcelona. No es pot dir que no els trobés a faltar. Els enyorava, enyorava els seus tiets i la seva infància, però en aquell enyor sempre hi havia un regust agre. L'absència de l'Adela era una taca que mai no se n'anava.

A l'hivern del 1992, la Marta i en Jim van viatjar a Amèrica. Van recórrer bona part dels Estats Units i van acabar passant el Nadal a San Francisco, amb la família Miller. I va ser allà, envoltada de cosins rossos, esvalotats i plens d'alegria —la seva mare hauria dit que brutejaven—, que la Marta va començar a posar en dubte la seva determinació de no tenir fills. Era una determinació que havia començat a germinar el dia que li va venir la regla per primera vegada i va haver de suportar els plors de la tieta i el seu doll de laments: Ja té la regla? Marededeusenyor, quina felicitat veure-la convertir-se en dona! Qui sap si a l'Adela li hauria vingut abans que a tu, oi, nena? I quina sort, Rosa, pensar que un dia sereu avis...

Va ser durant el vol, suspesos en Jim i ella damunt de l'oceà, que li van sortir aquestes paraules, gairebé sense haver-les pensades:

—I si tenim un fill?

En Jim, amb els ulls plens de son i el cos deixat anar a la butaca de l'avió, aquelles cames tan llargues, les espatlles enfonsades, el cap una mica tirat enrere, va començar el somriure per la mirada i després va deixar-lo eixamplar-se per tot el rostre fins a dibuixar-lo als llavis, tan perfecte com si l'hi hagués traçat un dibuixant de còmic.

—Sí, esclar, why not?

La seva resposta, que feia tant per ell —de fet, qualsevol altra reacció hauria sigut una sorpresa—, va provocar en la Marta un efecte inesperat. La voluntat de tenir fills, tot just sospesada, va començar a trontollar immediatament. Aquella manera d'anar per la vida d'en Jim, que ara ell resumia en aquest «Sí, esclar, why not?», aquesta actitud impulsiva i natural, deixant-se portar, diríem, pel riu de la vida, li va semblar inadequada davant d'un propòsit tan transcendent.

En Jim —que la coneixia prou— li va llegir el pensament amb una claredat diàfana, com si estigués seguint fil per randa l'argument d'una novel·la.

—Poc que has de patir: cada cosa té el seu temps. Si ara volem ser pares, assumèixut que les coses hauran de canviar. Però només seran canvis epidèrmics, qüestió d'ordre i d'horaris i coses així. Jo seré el mateix i tu seràs la mateixa. I aquest nosaltres que tenim encara hi serà.

La Marta va fer que sí amb el cap i va tancar els ulls, fent veure que s'adormia. I durant tot el vol fins a casa va estar rumiant en aquest nosaltres que tenien i que per res del món no volia perdre. Era un nosaltres peculiar, fet a mida per a ells dos: en Jim conduïa i ella es deixava portar. I en Jim sempre agafava les carreteres secundàries o, encara millor, els trencants sense senyalització. Viure era una aventura.

Un fill, reflexionava la Marta mentre pelava patates a la cuina i el seu home contemplava el cel rosat d'un vespre de setembre, un fill ens farà llançar l'àncora i ja no podrem canviar de casa i de país cada vegada que ens n'hàgim cansat. Però tenir un fill, deia en Jim, o potser més d'un, farà la vida molt més divertida, i potser no ens avorrirem mai i no ens caldrà canviar de casa ni de país.

Caldrà guanyar diners. Ho farem. I sortir menys. Ens hi acostumarem. I potser no dormirem gaire. Què hi farem. I ens haurem de comprar un cotxe. Això ja ho veurem.

I potser aquesta nova vida no serà avorrida però serà estressant i asfixiant. I potser en lloc de canviar de casa o de país, voldrem canviar de parella.

I llavors, a la cuina, descalç i en calçotets, en Jim va dir allò que havia de repetir tantes vegades en els anys posteriors després de fer l'amor, o passejant pel camí de ronda, o a sota la dutxa. Va dir: És impossible que jo em cansi de tu. Si mai canvio de parella serà perquè m'hauré enamorat d'una altra persona.

Quan van decidir buscar l'embaràs, ja feia un any que vivien en un pis de Gràcia, amb una danesa i un americà. En Jim guanyava diners fent classes particulars d'anglès i algunes traduccions. La Marta treballava en una escola de dansa que havia obert a l'Eixample, a prop de casa dels seus pares. La seva mare l'havia convençut mesos enrere:

—La porta una noia que segur que coneixes, la neboda de la Dolors de l'estanc. Potser havíeu anat juntes a col·legi i tot. Què me'n dius? Tant que t'agradava el ballet...! Estic segura que et faria feliç.

Ella pensava que la seva felicitat depenia d'en Jim i de la família que projectaven crear, i que el ballet feia molt de temps que era una passió agredolça, perquè no era prou bona, ni prou prima, ni tenia la gràcia i la delicadesa de la seva cosina. I que havia de carregar amb això: no tan sols assumir que mai no seria una ballarina professional, sinó intuir que l'Adela sí que ho hauria aconseguit.

—I per què vas continuar ballant? —preguntava en Jim.

Ella no tenia cap resposta.

Es divertia molt a l'escola de dansa. En bona part gràcies a la directora. L'Olga també era una ballarina frustrada. Una noia que mai no va ser prou prima i que havia patit trastorns alimentaris durant l'adolescència. Amb l'ajuda de la teràpia, havia acabat reconduint la seva relació amb el ballet. «Saps allò que els amors que fan patir no són amor?», preguntava a la Marta, aclucant una mica els ulls, com si busqués el posat d'una nena saberuda, «doncs el mateix: si el ballet et fa patir, fora! Però jo he trobat la manera que sigui plaent i estimulant, i és ensenyant a aquestes nenes petites perquè hi tinguin una relació sana».

Es van fer amigues i reien molt quan estaven juntes. «Com

podia ser ballarina si em van posar aquest nom? Olga! Si comencem amb aquesta O rodona com una panxa, què volen?». Amb el temps, la complicitat entre totes dues va arribar a ser tan gran que la Marta va decidir que era millor que la seva família no la conegués. Hauria sigut com veure una projecció de la Marta i l'Adela d'adultes. Com seria si l'Adela fos viva, el leitmotiv de la seva vida.

Amb un embaràs de quatre mesos, van llogar un entresol amb poca llum, en una finca antiga, a prop de l'escola de dansa i de casa els pares de la Marta.

La Joana va néixer el primer d'abril de 1996 i la seva arribada va portar un gavadal d'alegria que, amb el temps, va acabar esborrant la tensió que van viure aquell dia. Les setmanes abans, la Marta havia confessat al seu home els malsons que no la deixaven descansar. Somiava en una habitació d'hospital, tot blanc i net i en silenci. Tot d'una, se sentia el plor minúscul d'un nadó i, just quan ella agafava el nen i somreia, just quan sentia que tenia la felicitat a tocar, començava a sentir-se una altra mena de plor. Era un somiqueig somort que naixia en un racó, allà on seia la seva tieta. El plany anava creixent a poc a poc fins que arribaven els sanglots. La seva mare s'hi afegia amb laments i llàgrimes i finalment el seu pare i el seu tiet, més continguts, acabaven encomanant-se i el desconsol era general. Es despertava entresuada i amb el cor accelerat i ja no podia tornar a adormir-se.

El diumenge abans del part, en el dinar familiar, en Jim va demanar amb bones paraules als pares i als tiets que respectessin la intimitat de la parella en el moment del naixement. La petició —que malgrat les formes suaus tenia naturalesa de decisió ferma— va ser rebuda amb estupor.

Tres dies més tard, quan la Joana acabava de néixer, va enviar en Jim a casa amb una excusa qualsevol i va trucar a la seva mare:

—Podeu venir? Mare, tinc la nena més bona del món. I la més dolça.

—No li sabrà greu al teu home?

La pregunta era inevitable, però la Marta va sentir que en el to de la seva mare hi havia més impaciència i emoció que no pas ressentiment.

—No, de cap manera. Ara ha anat a casa a buscar-me la colònia. Veniu! I truca als tiets que vinguin, també.

Abans d'una hora ja els tenia tots quatre a l'habitació i, en comptes de gemecs, només hi havia somriures. Quan la mare i la tieta es van inclinar damunt del bressol, la Marta va pensar com s'arribaven a assemblar, aquelles dues germanes. La tieta acaronava la galta de la Joana amb un dit i només deia una vegada i una altra: que bonica que és, que bonica.

I va ser ella, la Marta, del llit estant, que va demanar a les dues dones que s'hi acostessin. Va picar amb la mà damunt del matalàs, a banda i banda del seu cos adolorit, i va agafar la mà de la mare i la mà de la tieta. Encara no havia dit res que les llàgrimes ja banyaven els tres rostres. Volia recordar l'Adela, volia dir en veu alta com li hauria agradat tenir-la allà, volia queixar-se amargament d'haver-la perduda, volia cridar i udolar i lamentar que ella i la seva cosina mai no podrien inclinar-se juntes damunt d'un bressol per compartir aquella alegria immensa. Però la mare i la tieta li van prémer les mans i després es van deixar anar per eixugar-se les llàgrimes i ella va saber que no havia de dir res. Quan en Jim va tornar els va trobar tots menjant catànies.

La nova vida els resultava fascinant i inquietant en la mateixa mesura. Una tarda —la Marta ho recordaria com si fos la primera vegada, però potser no ho era— que plovia molt, seien tots dos al sofà, ella amb un llibre, ell amb la Joana damunt del pit. El sofà l'acabaven de comprar i n'estaven molt contents. Era baix, ni massa dur ni massa tou, d'un color taronja fosc que encomanava alegria i calidesa a tota la sala. A la paret d'enfront hi havien penjat una aquarel·la que havien comprat feia anys a un artista que pintava al carrer a Aix-en-Provence. Era un camp d'espígol i un cel ple de núvols allargassats. Hi havia silenci, però no un silenci compacte, un silenci puntejat pel repicar de les gotes damunt la taula metàl·lica del pati i pels sons guturals de la nena, que combinava consonants. I llavors en Jim li va posar la mà a la cuixa, per avisar-la, per demanar-li que interrompés un moment la lectura, i li va dir: Quina sort que hem tingut, no, Marta? Quina refotuda sort que hem tingut de trobar-nos entre tanta gent! No trobes?

Després d'aquell dia ho va dir unes quantes vegades, sempre en moments de benestar intens, quan la vida semblava donar treva i tot al seu voltant era càlid i confortable. Quina sort, hòstia! Mira que era difícil que ens trobéssim!

I la Marta reia, perquè li feia gràcia aquella manera de dir-ho, com si acabés de fer un descobriment. I pensava que sí, que havien tingut molta sort, i també pensava que li agradava molt que en Jim ho digués de tant en tant.

Era cert. En Jim i la Marta havien fet sort de trobar-se aquella nit, a la barra d'un bar de Barcelona. Ella podia haver vençut el rampell de fugir i podia haver-se quedat celebrant l'aniversari a casa dels seus pares. I ell podria haver sortit del bar com van fer els seus amics, sense fixar-se en la noia trista que bevia sola al final de la barra. O podien no haver-se caigut bé. Però tot això, tot el que té a veure amb aquella nit, és una absoluta nimietat. La gran sort va ser quan, després d'haver-se enamorat, apaivagada la primera foguerada, aquells dies en què no podien deixar de tocar-se ni quan eren al llit, ni quan caminaven, ni quan dinaven acompanyats d'algú, sempre la mà d'ell a l'esquena d'ella, o el genoll d'ella fregant la cuixa d'ell, la gran sort va ser començar a veure que s'avenien, que no estaven d'acord en tot, deunosenguard, però que solien emocionar-se per coses semblants i que l'un reia el sentit de l'humor de l'altra. Que necessitaven sovint estar amb gent però no trobaven a faltar ningú quan estaven tots dos sols. Que si ell es trobava malament ella començava a sentir un neguit quasi físic. Que si ella començava a veure-ho tot fosc, ell era capaç d'acolorir el dia. Que, malgrat la quantitat de minuts i d'hores i de dies que compartien i malgrat la quantitat de vegades que ell o ella feien alguna cosa inconvenient o deien alguna paraula fora de lloc, malgrat tot, s'estimaven.

Després de la Joana, va arribar en Biel: poques hores després de néixer, va començar a posar-se groc i va haver de quedar-se uns dies a l'hospital; els primers anys de vida va ser un nen malaltís que els va fer passar hores a urgències. Els caps de setmana se n'anaven a l'Empordà, convençuts com estaven que l'aire net i l'alegria que es respiraven al Mas Xic eren el millor tractament per al seu fill.

El pare d'en Jim, finalment, havia conegut els nets i la Joana s'havia enamorat d'aquell avi rialler que, quan la veia, li feia dir allò de «la gallina, xica, tica, mica, camacurta i ballarica, va tenir sis fills, xics, tics, mics, camacurts i...», i quan ella ho intentava, l'avi aplaudia i deia «que és castissa, aquesta nena». És molt simpàtic, deia la Joana. I en Jim brandava el cap i sospirava: Un perla, el teu avi és un perla. La nena somreia i feia que sí, perquè li semblava que es tractava d'un elogi. Un perla, la troballa inesperada i preciosa que havien descobert sense buscar-la.

Però com que l'amor era correspost, la Joana i en Biel van veure el seu avi molt més sovint del que l'havia vist en Jim mentre creixia, circumstància que va ser acceptada per l'afectat amb la calma que el caracteritzava.

Durant uns anys, la família es traslladava al Mas Xic quasi cada cap de setmana. Primer van començar a protestar els avis materns, tot seguit la petita Joana, que volia apuntar-se a l'equip de bàsquet de l'escola i jugar partits els dissabtes i, finalment, la mateixa Marta va començar a remugar perquè els divendres, cansada com estava, li feia molta mandra traslladar la família, que ja movia una quantitat d'embalum considerable.

Així que els caps de setmana es van omplir d'activitats extraescolars, estones al parc i dinars amb l'Olga i la seva parella, la Míriam, que era pianista. Moltes tardes de diumenge es produïa la mateixa escena: els nens jugant al pati de l'acadèmia i l'Olga, en Jim i la Marta, asseguts damunt del parquet de l'aula, escoltant els recitals de la Míriam. A la nit, de vegades, la Marta rememorava l'estampa i se li escapava el riure: què hi feien, ella i en Jim, protagonitzant una vida tan familiar com aquella? Ells que eren nòmades, aventurers, que s'havien somiat rodant pel món i vivint experiències extraordinàries.

Què hi ha de més extraordinari que això que estem vivint, dona, deia en Jim.

Precisament va ser una nit de diumenge, potser una

d'aquelles ocasions en què la Marta somreia sorneguera pel rumb imprevist que havia agafat la seva vida, quan van sentir sorolls a l'escala. La remor de maletes arrossegades esglaons amunt, murmuris, alguna patacada, rialles, portes que s'obrien i es tancaven. En Jim va sortir del llit remugant i va anar a veure què passava. Va mirar per l'espiell —era la primera vegada que ho feia— i va veure una dona carregada amb un microones i un home que empenyia un carretó amb tres caixes de cartró apilades.

—És una mudança. Tenim veïns nous.

Si aquella nit de diumenge en Jim hagués pogut preveure què significaria l'arribada d'en Guillem i la Rita a les seves vides, potser hauria arrencat a córrer pel passadís i li hauria dit a la Marta, corre, aixeca't, fes les maletes que marxem; o potser li hauria dit, corre, aixeca't, que hem de donar la benvinguda als veïns, treu un vi dels bons i quatre copes.

L'amor d'en Guillem i la Rita

En Guillem Larralde i la Rita Corbera també es van conèixer a la barra d'un bar. Ella hi treballava i ell hi anava a esmorzar cada dia perquè tenia el despatx a prop. Tots dos sortien de desenganys amorosos i mantenien un posat desmenjat que els va permetre fer broma, compartir confidències i acabar enamorant-se gairebé sense adonar-se'n. La Rita malparlava del seu ex: deia que era un paio meticulós, obsessionat per l'ordre, que roncava a les nits fent un xiulet llarg i prim i després una mena d'espasme gutural. En Guillem explicava que no entenia gaire bé com s'havia pogut enamorar d'una dona que no callava mai i que acompanyava cada frase d'una rialleta.

Parlaven d'això i parlaven molt de feina, dels seus projectes. En Guillem acabava de posar en marxa una empresa que es dedicava al moviment de terres i els enderrocs. La Rita feia compatibles les hores al bar amb una pila de càstings de publicitat, teatre i televisió.

—Ah, ets actriu!

—No!

La resposta havia estat tan enèrgica que el va mig espantar. Quin error acabava de cometre?

—No soc actriu. De moment soc cambrera, però he estudiat a l'Institut del Teatre i m'agradaria acabar fent alguna cosa en el món de la interpretació.

De vegades, l'enamorament és una claror sobtada que trenca la foscor, un llampec enmig de la nit, però no sempre. Hi ha amors que es van teixint a poc a poc, discretament, ara un gest inesperadament tendre, ara una confessió que fa de bon escoltar, ara un moviment despistat de la mà d'un que frega la pell del braç de l'altra.

Així es van enamorar la Rita i en Guillem. Ella admirava l'austeritat d'en Guillem, la seva contenció; estava convençuda que era la mena d'home que podia compensar en certa manera els seus excessos. Li agradaven els seus llargs silencis, el sentit de l'humor punxegut que la feia riure sovint. I, com és sabut, no hi ha manera més ràpida i eficaç de seduir un home que rient-li l'enginy. També li agradaven les seves espatlles amples i el remolí que li separava els cabells amb rebel·lia al mig del front. La Rita se'n reia: amb aquest aire d'home madur que gastes, i el remolí et fa semblar un nen murri. Anava vestit sempre amb colors foscos, blau marí, gris marengo, com a molt verd militar. Les camises, sempre llises, els jerseis de coll rodó, tot de línies bàsiques i senzilles.

En Guillem no podia resistir-se al caràcter alegre de la Rita; sempre acabava cedint davant de la seva energia i es deixava arrossegar amb plaer per aquell remolí de vitalitat, que el feia sortir del món quadriculat on tenia tendència a instal·lar-se.

Les coses van anar de pressa, empeses pel sentit pràctic d'en Guillem: Si ens agrada compartir-ho tot i ens podríem estalviar un lloguer... per què no vivim junts?

Per a la Rita, que havia crescut amb una mare absent i un

pare apàtic, el caràcter resolutiu d'en Guillem era una benedicció.

Es van instal·lar a casa d'ell, un pis petit, amb un passadís llarg com un budell, però que tenia una saleta prou acollidora. La veritat és que ells dos hi passaven poc temps, a casa. Just l'estona de sopar —la Rita portava alguna cosa que havia sobrat al bar— i explicar-se com havia anat el dia. Els caps de setmana solien sortir a córrer per Montjuïc i quedaven per fer els àpats amb amics. A la cuina minúscula d'aquell pis no s'hi havia cuinat mai res.

Feia poc que vivien junts quan a la Rita li van oferir fer l'anunci d'una pasta de dents. Aquell matí, quan sortia de casa per anar a fer el càsting, en Guillem ho havia vaticinat: estàs guapíssima, avui, és impossible que no et triïn.

Així que, al cap d'unes setmanes, el rostre somrient de la Rita va aparèixer als passadissos del metro, a les tanques dels carrers i a les parades d'autobús. Era una sensació ben estranya: li feia vergonya —però a la vegada ho desitjava— que la gent la reconegués. Això no va passar mai, perquè la Rita real que sortia del metro o pujava a l'autobús no tenia res a veure amb la noia del somriure rutilant. A les fotos, la Rita hi veia una pell setinada, uns ulls verdíssims i una cabellera fosca que feia onades. No s'hi reconeixia. I si miraves una estona aquella imatge, la pell i els ulls i els cabells desapareixien, i només hi veies el somriure, com si la Rita fos el gat de Cheshire.

Després de l'anunci de dentifrici, en va venir un d'aigua mineral, aquesta vegada per a la televisió. La Rita i un noi d'aspecte atlètic hi apareixien vestits d'esport, suats i amb tovalloles al coll i buidaven ampolles d'aigua amb delit. Va resultar que aquell noi, el company de rodatge, es presentava l'endemà a un càsting per a una gran sèrie de televisió. «Prova-ho, no hi perds res», li va dir. «El temps», va respondre la Rita.

Però hi va anar. Va fer proves de càmera, li van fer dir textos en veu alta, la volien veure caminar, moure's, com s'asseia. Somriu, ara seriosa. Va entendre de seguida que buscaven algú per a un paper molt secundari, però va fer-ho tan bé com va saber. Volia que l'agafessin. Li semblava un pas per posar un peu en el món de la interpretació i deixar enrere l'etapa de cambrera. Per això se li va escapar el riure quan li van dir que li oferien un paper de cambrera del bar del poble. A la nit, a casa, en Guillem i ella van brindar entre rialles pel seu gran canvi: deixar la barra d'un bar del seu oncle per la barra d'un bar de ficció, a la tele.

—Almenys no hauràs de rentar els plats —li deia en Guillem, omplint-la de petons.

Tal com havien promès els responsables de la sèrie, el seu paper era petit —es limitava a saludar els clients i preguntar-los què volien—, però sortia a la majoria de les escenes. Quan ja feia dos mesos que hi treballava, el coordinador de guió la va convidar a fer un cafè i li va explicar que, a partir d'aleshores, la cambrera sense nom es diria Vanesa i intervindria una mica més en la trama: Tindràs algunes línies de guió. T'hi veus amb cor, oi?

Pocs dies després ho va dir a les seves germanes, que van rebre la notícia amb un gran esverament. I al cap de dues o tres setmanes, inevitablement, la mare de la Rita va saber que la seva filla mitjana sortia a la sèrie de la tele. Que feia de cambrera. Li va trucar que treia foc pels queixals: Així que fa quasi tres mesos que la meva filla surt a la tele i jo sense saber-ho? Saps que mirava la sèrie d'una altra cadena?

I quan m'ho han dit a la perruqueria... quina manera de fer el ridícul!

La Rita la deixava parlar sense dir res, allunyant el telèfon de l'orella i mirant al sostre. Només va reaccionar quan la seva mare va dir:

—...és que no ho puc entendre, ho sabien les teves germanes, i el teu pare... i precisament a mi no m'ho dius? Precisament a mi, que també soc actriu i que ho sabré valorar...!

La Rita va agafar aire i es va fer enrere, al sofà, per recolzar l'esquena:

—Mare. Mare! Deixa'm parlar. Mare: tu no ets actriu. Tu hauries volgut ser actriu, i em sap greu que no ho aconseguissis. Però no vas fer res de res per preparar-te ni per buscar una oportunitat. Tots aquests anys només has fet una cosa: queixar-te. I es fa molt pesat, mare.

En Guillem l'observava i, quan es va acabar la trucada, va picar de mans un parell de cops, a poc a poc. Com un aplaudiment reconcentrat.

—Noia, s'ha de reconèixer que quan vols deixar les coses clares, ho saps fer.

La relació defectuosa de la Rita amb la mare o la relació pèssima d'en Guillem amb el germà eren petites taques en l'univers net i polit de la parella. A cap dels dos no els agradava guardar un saquet ple de rancúnia (el saquet es pot trencar i fer vessar el contingut, fins a impregnar-ho tot).

Al cap d'un any de treballar a la sèrie —la cambrera s'havia enamorat del protagonista, que estava casat, perquè els guionistes havien detectat que el personatge era un dels preferits del públic—, la Rita va decidir fer el pas i va deixar la feina al bar.

Va ser unes setmanes abans que el seu pare patís un infart. L'atac el va enxampar a l'entrada de l'edifici i —justícia poètica— va ser la seva exdona qui se'l va trobar estès a terra. Encara respirava, però quan va arribar l'ambulància ja no hi va haver res a fer. «Tornar a tenir la mare tan a prop l'ha rematat», deia la Rita a les seves germanes.

Tot i això, poques setmanes després, la Rita va convidar tota la família per celebrar el seu aniversari.

—Ara que el pare ja no hi és, també ho diré a la mare i en Bigorra.

—N'estàs segura?

—I al teu germà.

En Guillem va remugar una bona estona, però va fer veure que no el sentia.

El veí que havia seduït la seva mare anys enrere, i que ella recordava com un perdonavides, ara més aviat semblava un avi pervertit. Es mirava les filles de la seva dona amb ullets llaminers i les noies el defugien perquè pudia a colònia de vell.

L'únic moment bo de la tarda va ser quan va veure arribar la seva sogra, agafada de bracet d'en Fèlix, amb els ulls brillants i un somriure satisfet. Ell va limitar-se a saludar-la —educat però distant— i va ignorar des del primer moment els seus germans.

No va haver-hi ambient de festa: era difícil trobar temes de conversa banals per omplir els silencis que amenaçaven tempesta. Al cap d'una estona, però, tothom es va anar relaxant i la Rita va observar, complaguda, com la majoria dels convidats havien trobat la manera de relacionar-se. En un racó de la sala, en Bigorra i en Fèlix mantenien una conversa arrencada. Els que s'assemblen es troben, va pensar.

Quan l'animació va començar a llanguir, la mare i en Bigorra van anunciar que marxaven i la mare d'en Guillem s'hi va afegir: Fem un pensament, Fèlix? Els amfitrions els van acompanyar al rebedor per acomiadar-los, amb una sensació d'alleujament infinit. I allà, al pas de la porta, en Fèlix va fer dos petons a la seva cunyada i llavors, potser per primera vegada en tota la vetllada, va mirar el seu germà als ulls. La Rita va veure venir el llampec però ja no podia fer res per impedir-lo:

—I així què, Guillem? Què em voleu demanar?

En Guillem va romandre impertèrrit, sense contestar ni moure's. Va ser la seva dona la que va preguntar:

—Què vols dir?

En Fèlix va fer un llarg silenci abans de parlar. La seva mare i la mare de la Rita (amb en Bigorra) l'esperaven al replà.

—Doncs que per alguna cosa em deveu haver convidat, no? No ho feu mai. Què voleu de mi?

En Guillem i la Rita van creuar una mirada que va quedar sobtadament interrompuda per la intervenció de la mare:

—Ho diu perquè li agradaria, ens agradaria, que ens veiéssim més. Sou una mica esquerps...

Unes hores després, mentre la Rita encara rentava copes de cava, en Guillem, al sofà, era la viva imatge de la desolació:

—No ho puc entendre. No puc creure'm que haguem d'acceptar-ho resignadament... Com pot ser que el continuï defensant?

La Rita es va asseure al seu costat i es va arraulir contra el seu cos.

—Si vols saber què en penso... jo crec que la teva mare ha seguit el seu instint maternal sense oposar-hi cap resistència. Creu que en Fèlix és el que necessita protecció. Tu i en Xavi us n'heu sortit, en Fèlix és un desastre de persona, no té ningú ni es pot valdre per ell mateix...

En Guillem se la va quedar mirant una estona en silenci.

—Mmm... sí, el considera el més dèbil, i ho atribueix a l'accident i la invalidesa. És una mena de relat que el pare i ella es van inventar per mirar de justificar allò que no té justificació.

—En certa manera ho entenc: deu ser molt difícil admetre que el teu fill és mala persona.

En dir-ho, va tenir una esgarrifança i en Guillem va estrènyer l'abraçada. I just va ser aquell moment el que la Rita va triar per dir-li al seu home que estava embarassada: de matinada, enmig d'una conversa sobre el tema que en Guillem més podia arribar a abominar.

Ho va fer seguint un impuls. Però havia valgut la pena, perquè en Guillem ja no va parlar més d'en Fèlix, ni aquella nit ni durant molts dies.

Com que els guionistes de la sèrie van tenir el detall d'embarassar el seu personatge, va poder continuar treballant fins al final de l'embaràs. La Maria va ser una nena molt tranquil·la, que dormia i menjava bé. Cinc mesos després, quan la Rita encara donava el pit, van trucar-li per fer-li unes proves per a una sèrie sobre les treballadores d'una fàbrica. Va aconseguir el paper de la líder sindical. «Tens el físic adequat», li va dir la representant de la productora, «i ens agrada la teva energia».

En Guillem i la Rita van passar-se els dies següents fent broma sobre això.

Ella:

—Eh, no em portis la contrària, que t'organitzo una vaga general en un tres i no res!

O bé, en Guillem:

—Tu que tens tanta energia... et podries aixecar i portar-me un got d'aigua fresca?

La sèrie *Sis dones* va tenir, com estava previst, una bona audiència i la Rita va començar a experimentar una sensació inquietant. Quan entrava en un bar o en una botiga, hi havia persones que se la quedaven mirant fixament mentre pensaven «em sona i no sé de què». Mai no sabia com reaccionar en aquests casos. Al cap d'unes setmanes, ja hi havia gent que la saludava: «Ei, Rosanna!», que era el nom de la líder sindical.

Per primera vegada, una feina d'interpretació li va proporcionar un bon sou i aviat va agafar un representant perquè ja rebia força propostes de feina.

Va ser aleshores que la seva germana Sofia li va enviar al mòbil la foto d'un cartell que hi deia Es lloga. Feia mesos que la sentia queixar-se d'aquell pis diminut on vivien i que s'havia fet encara més petit des de l'arribada de la nena. La seva germana havia vist el cartell a l'Eixample, a prop de l'oficina bancària on treballava. «80 m^2 i un preu raonable», li deia. «Ara que ets famosa, t'ho pots permetre».

Quan hi va trucar per sol·licitar una visita, va quedar una mica decebuda perquè li van dir que es tractava d'un entresol. A canvi, li van donar una bona notícia: el pis tenia pati. Va convèncer en Guillem i el van anar a veure sense fer-se gaires il·lusions.

El pis tenia dues habitacions de bones proporcions, un passadís curt i ample i una cuina quadrada, acabada de reformar. La peça més bonica era el menjador, amb una portalada de fusta que donava al pati. Els sostres eren alts i, a les cantonades, hi havia motllures de guix. Quan van sortir al pati, el noi els va explicar que, en realitat, era la meitat d'un pis senyorial que, anys enrere, ocupava tot l'entresol. Per això al pati hi havia una paret de bruc que separava el seu espai del pati dels veïns.

Mentre la noia de la immobiliària i en Guillem es quedaven a l'exterior, la Rita va començar a deambular per les habitacions, molt a poc a poc. De tant en tant s'aturava i girava sobre si mateixa, passejant la mirada per les rajoles hidràuliques del terra, pel sostre, pels finestrals. Tot d'una, va començar a veure imatges que es projectaven damunt de les parets blanques com un miratge. La Maria al llitet de baranes de l'habitació més petita, plàcidament adormida. Ara entra en Guillem i s'acosta a mirar-la. S'hi queda una estona i després respira fondo. En Guillem feinejant a la cuina, amb la ràdio posada i ella mateixa que li fa companyia, asseguda en un tamboret, tot fullejant el diari. Tanca els ulls i els torna a obrir, però els miratges no s'acaben. En Guillem i ella asseguts al sofà, contemplant la pluja que cau a cor què vols, esquitxant els vidres de la balconada. Els llums fan pampallugues i, de sobte, s'apaguen. En Guillem s'aixeca i va cap a la cuina, veu la seva silueta en la penombra. Després el veu sortir amb dues copes de vi. Fan xocar els vidres i beuen. Continua plovent a bots i barrals i se sent un tro.

—Sembla que vol ploure.

—Tu també has sentit el tro?

En Guillem va deixar anar una rialleta:

—Dona, l'hem sentit tots, déu-n'hi-do com ha petat!

La Rita va sortir del seu embadaliment i va somriure. Es va acostar al seu home i el va agafar per la cintura.

—Ens agrada aquest pis, oi, Guillem? Ens agrada molt.

El trasllat el van fer un cap de setmana que també plovia. La Rita s'estava a la cuina amb la nena a coll mentre en Guillem i el seu germà carretejaven les caixes. Les seves germanes, mentrestant, començaven a desembalar plats i gots i els posaven al rentaplats. A fora, la pluja repicava alegrement damunt de l'ampit de la finestra.

Llavors va sonar el timbre del pis. La Rita va pensar que era la primera vegada que sentia aquell so —un ring una mica antic, com el de casa els seus avis— i que a partir d'aleshores l'havia de sentir moltes vegades.

Va anar a obrir i va veure una noia somrient, amb els cabells llisos i lluents, tallats a l'altura de la barbeta, que es movien com una cortina que llisca quan girava el cap o el torçava una mica mentre enraonava. El moviment dels cabells va ser el que més li va cridar l'atenció.

—Hola! Perdona que us molesti, ja veig que esteu enfeinats amb el trasllat... però és que tornava a casa i... només us volia donar la benvinguda. Soc la Marta, vivim aquí al costat.

Un somriure, una veu amable i el somriure s'obre encara més:

—De fet, compartirem pati...

Eren totes dues al pas de la porta. La Rita vestia uns texans estripats i una dessuadora grisa que havia fet servir per pintar unes cadires i estava tota tacada d'esquitxos blaus i grocs, la cabellera recollida de qualsevol manera dalt del cap. Va pensar que anava feta un desastre i que aquella noia que tenia al davant, tot i que també anava vestida molt informal —uns texans de marca, una camisa de ratlles primes blaves i blanques—, tenia un aspecte magnífic. No sabia, esclar, que la Marta estava pensant què donaria per ser tan atractiva com ella amb uns texans foradats i una dessuadora vella.

—Doncs res, que benvinguts i que ja ens anirem veient... Si necessiteu alguna cosa, ja ho saps...

Just quan s'acomiadaven, va veure aparèixer una ombra llarga i prima darrere la Marta, que es va girar fent ballar els cabells plenament sincronitzats, tots a l'una.

—Ah, hola, Jim! Mira, tenim veïns nous. Aquesta és la Rita. És el meu home, en Jim.

A qui em recorda, a qui em recorda...

—Hola, Jim. Escolta, em recordes molt algú i no sé qui... Passeu un moment, que us presento en Guillem.

En Guillem va arribar brut com una guilla, fregant-se les mans amb un drap.

—Ostres, tio, ets igual que el Jovanotti!

—Ah, sí? I qui és aquest?

—És un cantant italià, un raper que ens agrada molt a tots dos.

—És guapo?

La Rita va afanyar-se a contestar:

—Jo el trobo molt atractiu! I sí que hi fas pensar, sí, amb aquests rínxols rossos...! Escolteu, no us podem oferir res, encara no tenim nevera!

—I ara! Només faltaria.... Fem-ho a l'inrevés. Voleu venir a fer un mos a casa?

Quan, al cap d'unes hores, en Guillem i la Rita van picar

al pis del costat, van sentir xiscles i rialles de criatura. La Joana i en Biel ja anaven en pijama i aviat van ser al llit. Van deixar la Maria, que dormia a dins la cabassa, al sofà del menjador i ells van sortir a fora. Havia parat de ploure i la nit era molt tèbia. El pati d'en Jim i la Marta feia olor de terra mullada i de sofregit.

Una nit de juliol, 1.15 h

En Jim s'havia quedat embadalit mirant el gest maternal de la Marta amb la núvia. Els altres havien començat a repassar la cerimònia, que havia sigut emocionant però continguda, amb versos de Salvat-Papasseit i Marçal, i les cançons tan ben triades de Moustaki i, per descomptat, Jovanotti...

—Oi, Jim?

—...

—Ei, on eres? Estàs encantat!

Certament, els pensaments d'en Jim eren ben lluny d'allà, lluny de la conversa comuna, de la taula plena de flors i de les bombetes blanques que dibuixaven camins en la foscor.

Les flors de nit

La veïna del segon cuinava molt bé: les flaires que baixaven cap al pati solien obrir-los la gana. Sofregits, brou, pebrot escalivat, marisc a la planxa, galetes de mantega. Era una dona baixa i rodanxona, no pas grassa, amb uns ulls rodons com botons i un clot a cada galta. De tant en tant, trucava als dos entresols i els oferia un pastís de xocolata o un tiramisú: per compensar les olors que us deuen empudegar el pati. La Marta, aleshores, feia que no amb el cap, i els cabells es balancejaven d'una banda a l'altra: No, Teresa, si no ens molesta gens, oi, Rita?

Els primers mesos van ser de descobriment. Un dia, la Rita li deia a en Guillem: He anat al parc amb la Marta i els nens i, saps? M'agrada la relació que té amb la seva filla, s'ho passen molt bé juntes, les hauries de sentir fent jocs de paraules... trobo que sap potenciar la creativitat de la nena d'una manera molt natural. I un altre dia, en Jim li deia a la Marta: Estic content perquè per fi hem trobat una parella anivellada. Què vols dir, preguntava ella. Doncs que gairebé sempre, quan a mi em cau bé un membre de la parella, a tu l'altre no t'acaba de convèncer. En Joan Miquel ens fa riure molt, però la Marga és molt pesada. I la Cèlia és una paia molt interessant, però el seu home és un peix bullit.

M'entens què vull dir? En Jim i la Marta ens agraden tots dos a tots dos. Això és fantàstic!

Un cop en Guillem i la Rita van aconseguir eliminar totes les capses de cartró del passadís, van convidar els veïns a sopar a casa. Era a mitjan juny i a Barcelona les nits eren càlides i humides.

Van sopar musclos al vapor i truita de patates. Damunt de la taula —tovalles blanques, plats de ceràmica de color blau marí— hi havia una espelma gruixuda d'un rosa pàl·lid i els dos aparells que els permetien sentir què passava a les habitacions on dormien els nens.

—Quina espelma més bonica —va dir la Marta, només de sortir al pati.

—Sí, oi? Les espelmes fan festa...

—...i donen solemnitat a l'ocasió.

Les dues dones havien descobert que la decoració era un dels interessos que compartien, juntament amb la lectura de novel·les: els agradava intercanviar-se-les i després comentar juntes què els havia semblat. Podien passar-se hores analitzant els personatges i semblava que estiguessin parlant de gent que coneixien. En Guillem i en Jim tenien en comú una gran coincidència en gustos musicals, i la Marta i en Guillem es passaven receptes perquè tots dos coincidien que cuinar els relaxava.

Aquell vespre van dedicar una bona part del sopar a parlar de les professions respectives. Pertanyien a àmbits molt diferents i tots tenien curiositat pels oficis dels altres: la dansa, els enderrocs, les classes d'anglès, el teatre.

Cap a la mitjanit, quan havia refrescat i les noies s'havien abrigat una mica, en Jim va preparar gintònics i van allargar la conversa. Ningú tenia pressa per anar a dormir: és la part bona d'encetar amistats —o amors—, que tot és desconegut i tot t'interessa, que hi ha mil coses per descobrir. No vols que s'acabi.

La Rita va parlar de les seves germanes i als altres els va fer molta gràcia descobrir que totes tenien noms d'estrelles de cinema. Van riure imaginant com s'haurien dit si haguessin nascut més nenes: Greta o Úrsula encara... però i Marilyn? Marilyn Corbera?

I darrere d'això, anar descabdellant la madeixa, va venir la vergonya que li feia passar la mare quan deia que era actriu, i el fred que feia la nit que va anunciar que s'havia embolicat amb el veí. També va parlar d'aquell vespre que la va acompanyar a casa un company de classe, el noi que li agradava des del primer curs. Es van tancar a la seva habitació i van escoltar música, asseguts al llit.

—Escoltàvem «La chica de ayer», de Nacha Pop, Leif Garrett, Lennon... i quan va sonar «Woman»... ostres! —Es passava la mà per l'avantbraç per calmar l'esgarrifança—. Me'n recordo com si fos ara: es va acostar per fer-me un petó i... es van començar a sentir sorolls i rialles que venien de dalt... Em vaig començar a imaginar la mare i en Bigorra, amb aquella panxa, movent-se pel pis, despullats, com en una pel·lícula porno... i vaig haver de fer fora el noi que m'agradava dient-li que em trobava malament. Va ser un dels moments més humiliants de la meva vida.

Les rialles que feia un moment suraven al pati van desaparèixer igual que el somriure de la Rita, que semblava invencible només uns minuts abans. Ja era negra nit i quedaven pocs llums encesos al veïnat. Havia baixat una mica la temperatura, però al pati de casa els Dorca hi havia llum i una escalfor que no era física i que els emparava i convidava a la intimitat.

—I tu tens germanes o germans, Marta?

En Guillem volia deslliurar la seva dona de l'atenció de tothom. La veia encara asseguda al llit de la seva habitació adolescent, amb pòsters a les parets i la cadira plena de roba amuntegada. La volia fer tornar al present perquè aquella mostra de debilitat davant d'estranys l'havia desconcertat i no estava segur de si aquella llumeta que brillava als ulls de la Rita era una llàgrima a punt de vessar o el reflex del llum baix amagat entre les plantes del pati.

Abans de respondre, la Marta va creuar una mirada breu amb el seu home i en Guillem, que la va pescar al vol, va intuir que tot i la innocència de la seva pregunta, havia furgat involuntàriament en alguna ferida.

—Soc filla única, però vaig tenir una cosina que, quan era petita, em feia de germana.

I llavors la Marta va parlar de la casa de nines i de les sabatilles de ballet, dels aniversaris conjunts i de l'accident tornant de Carcassona. No li agradava gens parlar-ne, però la confidència de la Rita l'havia commogut i li semblava que havia de correspondre-hi amb sinceritat.

—I què va passar a partir d'aleshores amb els teus aniversaris?

Explicant-ho, va sentir per primera vegada molta pena per ella mateixa, per aquella nena a qui ja no li feien il·lusió els aniversaris. Fins aleshores mai no s'ho havia permès, perquè: qui gosaria sentir-se víctima quan hi havia una víctima total?

Aleshores es va posar dreta i va dir: Perdoneu-me un moment, i quan va tornar al pati duia una capseta de color groc, que va deixar damunt la taula. Mentre mirava en Jim, acaronava la capseta amb la mà. Ell estava tan intrigat com els seus amics:

—Què hi ha en aquesta capsa?

La Marta la va obrir i, sense fer escarafalls, va començar a mirar una per una les fotografies. A la primera hi havia dues criatures petites i grassonetes, l'Adela i ella, aixecant un ditet cadascuna, el dia que celebraven l'any. La va passar a la Rita, que seia a la seva dreta, que s'hi va quedar embadalida uns segons. «Que mones! Tu ets aquesta? La més rosseta?». La Rita la va passar al seu home i ell a en Jim. I després van venir totes les altres: dos anys, tres anys, quatre. Les dues nenes abraçades, galta amb galta; totes dues dretes fent el símbol de la victòria amb les mans; l'Adela i ella bufant a la vegada.

—No les havies vist mai, Jim? —La Rita al·lucinava.

—No! Ni sabia que les guardava!

Van arribar a la foto dels deu anys. Dos pastissos. Vint espelmes. La Marta i l'Adela somrients, passant el braç per damunt de les espatlles de l'altra.

—Ja no n'hi ha més. A partir d'aleshores celebrava, és un dir, els aniversaris sola i ja no volia fotos.

—...fins a l'any que en feia vint, que es va rebel·lar i va fugir del ritual i ens vam conèixer.

—I quants anys fa d'això?

—Doncs aviat en farà deu.

—O sigui que...

—Sí, m'has descobert: aviat en faré trenta. Ara no celebro els aniversaris.

Van tornar a quedar en silenci, però van ser només uns

segons. Una criatura va arrencar a plorar en el moment just i la Marta es va aixecar d'una revolada. Vinc!

Quan va tornar a sortir al pati, els altres s'havien servit una altra ronda i ella va imitar-los. En Jim estava parlant del seu pare.

—La meu mare era molt ingènua... I el meu pare era un paio guapo, divertit, que s'atrevia amb tot. M'imagínut que la vida amb ell, a la Costa Brava dels seixanta, devia ser una festa, al·lucinant de collons. La mare es va quedar embarassada sense buscar-ho però li va semblar meravellós. Ella estava eufòrica, però ell devia estar cagat... Total, que la cosa va durar poquet i ell de seguit va buscar excuses per marxar. I a la meu mare, doncs... ja li estava bé. Crec que estava més tranquil·la quan ell no hi era.

En Guillem va servir-se un altre gintònic.

—Sembla que la nit va forta... I tu com ho portaves, això del teu pare?

—Jo ho portava fatal, collons, què vols. Era un marrec i veia que el meu pare fotia el camp i passava mesos fora de casa. I quan tornava, sempre anava penjat. Venia i es posava a menjar com un boig, com un animal. Després pujava a l'habitació de matrimoni i clapava tot el dia. Només volia menjar, follar i dormir. I la meu mare fent-hi bona cara... Hòstia, em cabrejava molt. Vaig decidir fotre el camp quan venia el meu pare. Dormia a casa d'un amic. Me'n recordo que quan vaig tornar a casa, m'hi vaig trobar la meu mare plorant i em vaig posar d'una mala llet terrible. Li vaig dir de tot, al meu pare, però resulta que la mare plorava perquè havien matat en John Lennon.

Es va sentir miolar el gat del primer pis. Hi vivia un home molt vell amb una cuidadora peruana. El gat era tot negre, amb una taca blanca al front i els ulls d'un verd tan clar que semblava groc. Van alçar la mirada i el van veure al balcó, traient la pota entre els barrots de ferro.

—Però, en el fons, el teu pare... devia ser bona persona, perquè...

—Si s'és bona persona, s'actua com una bona persona. No. El meu pare...

—Era un perla —La Marta va dir-ho amb un somriure amagat rere la veu—. És l'adjectiu preferit d'en Jim per parlar del seu pare.

—I què vol dir, exactament?

—Un irresponsable. Un impresentable que no té voluntat de fer mal, però en fa.

Les flors de nit que la Marta tenia en una jardinera al fons del pati desprenien, en aquella hora, una flaire intensa. Se les va quedar mirant i la Rita li va seguir la mirada:

—M'encanten aquestes flors, això que vagin a l'inrevés del món i que s'obrin a la nit...! Es diuen *dondiegos*, oi?

—Jo sempre n'he dit flor de nit...

—Doncs la meva àvia en deia *maravillas*.... Ves a saber...

En Guillem es va estirar a la cadira on seia i va deixar anar un gemec que va anar seguit d'un badall. La Marta va captar la indirecta:

—Ostres, és molt tard i demà us deveu llevar d'hora, oi?

—La Marieta es desperta a les sis en punt! —va somriure la Rita.

—Doncs deixem-ho estar per avui, no? Ja repetirem!

Es van aixecar tots quatre i van començar a desparar la taula. En un moment va estar fet. Llavors va ser quan en Jim va sortir una altra vegada al pati, es va asseure en una cadira i va encendre un cigarret:

—Em fúmut aquest i marxem, eh, Guillem? Mentrestant explica'ns coses, home, que no has parlat gaire aquesta nit!

—Vinga, seieu que us explico el meu trauma d'infantesa, que jo també en tinc.... i així m'acabo el gintònic.

La Rita va obrir uns ulls com unes taronges. En Guillem es disposava a parlar del seu tema tabú amb uns desconeguts? Havia d'admetre que aquella nit s'havia creat un clima especial, propens a les confidències, però tot i així...

I ho va fer. Va parlar de l'accident d'en Fèlix i, a mesura que ho feia, el seu rictus es va fer més agre, fins a arribar al diagnòstic final: així que els meus pares, especialment la meva mare, volent-ho fer bé, ho ha fet fatal i ens ha condemnat a tots. Volent protegir el més feble de la família, ha enfonsat la família sencera.

—Tu te'n recordes, de l'accident?

—I tant. Jo estava jugant al carrer, però ja era fosc i vaig entrar a casa. Hi havia el meu pare revisant factures i a la ràdio hi sonava... cago'n tot! Hòstia!

La seva dona el mirava amb els ulls esbatanats:

—Què passa?

—Coi! Que no us hi heu fixat? Sonava Lennon! A la ràdio, el dia de l'accident d'en Fèlix, hi sonava Lennon perquè era el dia que l'havien matat!

En Jim va picar a la taula amb la mà oberta:

—Era el mateix dia que jo vaig tornar a casa i m'hi vaig trobar la mare plorant!

Les noies van parlar totes dues a l'hora, excitadíssimes:

—Lennon sonava a la ràdio del cotxe... —La Marta es fregava la pell dels braços perquè havia tingut una esgarrifança.

—Doncs... aquell dia que jo no vaig perdre la virginitat

però quasi... el dia que sentia follar la mare i en Bigorra al pis de dalt... ja us ho he dit: la cançó que sonava era «Woman»!

Es van encomanar una mena de riure nerviós i en Jim va començar a caminar al voltant de la taula, com una fera engabiada:

—...com diria la meu mare: Oh, my God! Oh, my God!!

La Marta s'havia tapat la boca amb les mans. En Guillem provava de posar-hi una mica de seny:

—A veure, que tot va passar el mateix hivern està clar, el mes de desembre del vuitanta, però el mateix dia...! Coi, seria cosa de màgia, una mena de malefici...

Després d'això van fer encara un altre gintònic, van tornar a fumar i, finalment, van entrar a dins perquè al pati la temperatura havia baixat de valent i tots tenien l'esquena partida de tantes hores en aquelles cadires de tisora summament incòmodes. A dins, repartits per les butaques i el sofà, van parlar fins a la matinada. De pares i mares irresponsables, de germans perversos i de cosines enyorades, de mares hippies i pares calçasses. De la família, aquest llast, aquest tresor, aquesta xarxa, aquest desastre. Per acabar la vetllada, en Jim va proposar escoltar alguna cançó de l'exbeatle. Van discutir i votar i va guanyar «Imagine», esclar, i la van escoltar en un respectuós silenci, a manera d'homenatge.

«Imagine» era l'himne d'una època, d'un moviment que, abans no s'acabés el segle xx, tan ple de violència, s'estenia per tot arreu mirant de creure que el món podia ser millor. El somni pacifista de Lennon i Yoko Ono va ser brutalment escapçat per la violència d'un assassinat i, en certa manera, el món va plorar no només la mort del músic, sinó el final de la innocència.

Potser la coincidència que havien descobert aquella nit tenia algun sentit. Potser en aquell hivern de 1980, mentre el Beatle perdia la vida a Nova York, quatre infants perdien la innocència per un pare irresponsable, una mare egoista, un germà pervers i una mort injusta.

Vint anys després, aquella casualitat inesperada va marcar el començament de l'amistat a quatre. Aquella matinada, al sofà de cals Larralde, mentre el cel de Barcelona s'esqueixava i passava del negre al gris, del gris al malva, del malva al blanc i del blanc al blau, van mostrar-se l'anatomia, van obrir portes i van tombar parets. La seva amistat, com un adolescent després d'una febrada, va fer una crescuda sobtada que els va sorprendre i agradar. Després, no va parar de créixer i d'intensificar-se. El símptoma més evident, al cap d'un temps, va arribar a proposta d'en Jim:

—He estat pensant... i si ens carreguem la barrera de bruc del pati? Al cap i a la fi, com que sempre estem junts, més val que aprofitem tots els metres quadrats, no trobeu?

I van venir sopars a dojo, excursions a la muntanya, tardes al parc, sessions de cinema, vacances a la platja, matins de compres, caps de setmana a capitals europees, cerveses al centre cívic, nits al teatre, festes infantils d'aniversari, concerts, manifestacions, llargues passejades, hores de conversa, parcs d'atraccions, pizzes, sushi, arrossos, entrepans, vermuts a l'aire lliure, cavalcades de Reis, lectures recomanades, rues de Carnestoltes, peces de roba prestades, articles compartits, castanyades, revetlles de Sant Joan, nits de Cap d'Any.

[Cap de setmana en una fonda de Viladrau. Tardor del 2002]

Quan els nens eren petits van anar més d'un cap de setmana a Viladrau. S'estaven en una fonda centenària, collien castanyes i menjaven faves estofades. Admiraven els arbres —vermells, grocs, morats— dels quals desconeixien els noms. S'hi feien fotografies —lluíííísssss!— en un intent desesperat de guardar el somriure esmoixinat de la Maria i el genoll pelat d'en Biel, l'alegria que havien compartit aquell cap de setmana, la sensació que tots tenien que cada dia que passava s'estimaven més. No sabien que, anys a venir, aquelles fotos només els portarien un esbós tímid d'allò que van viure. Les fotografies fixen instants, però no poden atrapar les olors ni les rialles, ni l'amor ni l'harmonia perfecta d'un moment. Provoquen, això sí, una gran enyorança. De vegades també una gran recança: érem tan feliços que no podíem imaginar els dolors i les tristeses que ens esperaven amagats al calendari. A partir de certa edat, mirar àlbums de fotos és un esport de risc.

Al vespre, en aquell bar de la fonda que convidava a la nostàlgia, parlaven de quan eren petits. En Jim de quan feia brunyols amb la seva àvia:

—M'agradava poder fer-ho tot amb les mans, era com transgredir una norma amb el permís dels adults.

Els dits enfonsats en el sucre, l'olor de matafaluga, la rialla oberta i potent de l'àvia Angeleta quan els ruixava amb els resolis, les seves mans solcades de venes gruixudes i fosques com cordons quan els ensucrava.

La Rita els va parlar del seu avi matern, que renegava amb accent andalús però de tant en tant deixava anar algun mecagumdéu ben català. Tenia un cop de geni que feia tremolar les parets de casa. Després d'haver estat advertit per tothom que qualsevol dia en una d'aquelles enrabiades s'hi quedaria, va morir finalment mentre feia una plàcida migdiada a la butaca.

—Buidant el seu pis vam trobar dos carnets de la FAI, del comitè provincial de Múrcia. Eren de l'any 36 i l'un duia el nom de l'avi: Rosendo Lafuente Ruiz, i en l'altre hi deia Ricardo Lafuente Ruiz. No n'havíem sentit a parlar mai d'aquest germà! Sempre ens havíem pensat que l'avi era fill únic. Vam interrogar la mare, i ens va dir que aquest Ricardo, el seu oncle, l'havien afusellat i mai més no se n'havia pogut recuperar el cos. I no n'havia parlat mai més, t'imagines? Us imagineu com havia de ser de gran el dolor perquè no pogués ni parlar-ne? Això també explicava el seu llegendari mal geni...

—També devia haver-hi alguna cosa de genètica, perquè el teu mal geni ve d'algun lloc!

Els amics van riure la sortida d'en Guillem, però la Rita va mantenir el rictus seriós i es va limitar a inclinar-se endavant, allargar el braç cap a la taula i agafar el got de whisky del seu home. El va apartar ostensiblement perquè ell no el tingués a l'abast. La Marta i en Jim van tornar a riure, però aleshores va ser en Guillem el qui no s'hi va afegir. S'havia aixecat de la cadira al mateix temps que la seva dona apartava el whisky. Dret al seu costat, va agafar el got i va acabar-se el líquid que hi quedava d'un glop. Va ser un gest enèrgic, carregat de despit.

A l'habitació, la Marta i en Jim van comentar l'enganxada dels amics. No n'hi havia per a tant.

Un cop ajaguts, a les fosques i en silenci, van sentir com la tristesa aletejava pel sostre de la cambra, damunt dels seus cossos. Tots dos havien vist una ràbia flamejant als ulls de la Rita i d'en Guillem. Era una cosa inesperada i deprimient: i els feia por pensar que algun dia la podrien veure créixer entre ells.

[Viatge a Venècia. Hivern del 2003]

L'Olga, la sòcia de la Marta, feia setmanes que no es trobava bé. Havia anat a l'otorrino perquè tenia la sensació permanent de tenir una nosa al coll, que notava cada vegada que empassava. Per a sorpresa seva, l'especialista va dir-li que no tenia ni faringitis, ni laringitis, ni altres malalties més greus que li havien passat pel cap. El que tens és una ansietat considerable, va dir-li, està tipificat com «la síndrome del nus a la gola». Necessites descansar i relaxar-te.

La Marta i la Rita es van oferir «solidàriament» a acompanyar-la en una escapada a Venècia. L'Olga els va dir com m'és de difícil deixar d'estimar algú o, més ben dit, reconèixer que has deixat d'estimar algú. La seva parella, la Míriam, era una companya excel·lent. Però, des de feia un temps, tot el que feia o deia l'enervava. Sense motiu. Aquella nit, a Venècia, la Marta i la Rita van comprendre que els camins del cor i els de la raó no sempre coincideixen.

A la cambra de l'hotel, l'Olga encara va plorar una mica més, tot i que barrejant els sanglots amb les rialles. La Rita va aconseguir fer-la riure imitant la seva expressió plorosa mentre cargolava els espaguetis amb la forquilla i se'ls ficava a la boca amb un posat de terrible malenconia.

Quan l'Olga ja dormia, esgotada per la plorera, les seves dues amigues rumiaven, cadascuna al seu llit, a les fosques, sobre la possibilitat que l'amor s'acabi tot d'una. La Rita imaginava amb temor que un dia li passés: que en Guillem, sent el mateix del qual s'havia enamorat anys enrere, deixés de semblar-li atractiu, o que s'hi avorrís, o que les petites coses d'ell que ara la feien posar nerviosa —els silencis prolongats mentre passejaven, que si ella no decidia trencar haurien pogut durar hores, o la tendència a fer de poli bo amb la Maria i aixecar-li els petits càstigs que ella li havia imposat—, un dia es fessin realment insofribles.

Mentrestant, la Marta s'esgarrifava de pensar que un dia podria passar que en Jim deixés d'estimar-la. Esclar que ell li havia dit que això no passaria («Si un dia et deixo serà perquè m'he enamorat d'una altra persona, no perquè ja no t'estimi, perquè això és impossible»). Però potser en Jim s'equivocava i aquell amor clar i resplendent amb què l'havia enlluernada, un amor que abraçava fins i tot la tristesa intrínseca de la Marta i les seves nits més fosques, podria ser que un dia s'evaporés o podria ser que anés llanguint a poc a poc, setmana rere setmana, i acabés desapareixent del tot.

L'endemà, al bufet de l'esmorzar, van adonar-se que la majoria dels turistes allotjats a l'hotel estaven més excitats del compte. Les cambreres somreien i circulaven amunt i avall amb gerres de llet i safates plenes de brioixos. La Marta va aturar la més joveneta, una noia rossa i riallera:

—Scusa, cosa succede?

La noia va posar-se seriosa per respondre, tot i que encara li reien els ulls:

—È acqua alta, signora, le strade sono allagate...

La Rita i l'Olga l'esperaven assegudes a taula, amb la mirada interrogant, i la Marta va deixar anar la seva safata amb un gest a mig camí entre el desànim i la resignació:

—Hi ha *acqua alta*, la marea ha pujat i haurem de passejar amb l'aigua fins als genolls...

La Rita va empassar-se el bocí de torrada abans de parlar:

—Ja t'ho deia, Olga, carai, que no ploressis tant...!

[Un arròs al port d'Arenys. Primavera del 2004]

Com que els nens eren de colònies i feia un dia radiant, la Marta i en Jim van decidir anar a dinar al port d'Arenys. Van fer dentetes als amics i la Rita va reaccionar, ràpida com una fura: «Venim! He encolomat la nena a la meva germana, així es faran companyia les cosinetes, que soles s'avorreixen».

En sentir-la, la Marta va tenir un sotrac que li va costar dissimular. Però ningú va adonar-se'n. Ningú, ni en Jim, havia pensat en l'accident de Carcassona. Però ella sí. Ella es recordava demanant als seus pares que convidessin la cosina, que sola m'avorreixo.

Va recórrer als consells de la psicòloga, en els mecanismes

que li havia ensenyat per controlar el pànic, i va aconseguir aturar el tremolor del cos sense que ningú li notés cap alteració.

La Rita, en canvi, era una dona feliç (una dona *normal*, va pensar la Marta) i el diumenge estava pletòrica: un cop al cotxe apujava el volum de la música, obria la finestra i treia el cap per notar el sol, i l'aire li feia ballar la cabellera fosca.

Van passejar pel port amb aquell caminar lentíssim que escau a un diumenge clar de primavera, quan els cossos tenen fam de sol després dels mesos més freds. El sol llepava la pell sense arribar a escalfar-la, amb aquella timidesa dels matins de primavera.

Després van entrar al restaurant i van somriure complaguts perquè la taula que els havien reservat era rodona i estava just darrere els vidres. Les copes es van alçar per brindar amb un fons de veles blanques. Al mar tot eren corredisses cap aquí i cap allà: llaguts, patins de veles, planxes de surf, menorquines i catamarans. En Jim va voler brindar «pels anys d'amistat» i aleshores va començar una conversa que, tot i que tenia l'objectiu concret de saber quant de temps feia que es coneixien, va esdevenir un àlbum de records desordenats, ple de frases que començaven amb un «us en recordeu quan...?». Van discutir les dates, els llocs i els fets i, finalment, en Guillem els va interrompre:

—No hi penseu més: ens vam conèixer el 10 de setembre de 1999. Era diumenge, i plovia.

—Ai, Guillem, què faríem sense tu...

Tots quatre van quedar callats, recordant la mudança, el soroll a l'escala, la Rita amb texans esparracats i dessuadora, com s'assembla en Jim a en Jovanotti, el sopar improvisat al pati, l'olor de terra mullada i de sofregit.

Després de dinar van caminar una mica més per pair l'arròs. Estaven d'acord que havien dinat molt bé, però en Jim trobava que l'arròs era un pèl fat. La Rita i en Guillem van preguntar què volia dir i van jurar que no havien sentit mai aquella paraula. La Marta se'n fotia d'en Jim: «Els empordanesos us inventeu paraules perquè no us puguem entendre».

—Fat vol dir que li falta sal.

—Dolç?

—No, dolç és una altra cosa. És el que a Barcelona en dieu *soso*, que està mal dit...

—Doncs com s'hauria de dir?

—Sonso, em sembla.

—Sonso? Però sonso no és el peixet petit que hem menjat abans de l'arròs?

El sol ja no escalfava gaire i la marinada arrissava els cabells de les noies. Van fer el trajecte de tornada escoltant el piano de Ludovico Einaudi i, finalment, la Marta va pensar que el món semblava un lloc ben agradable en aquell moment.

Un cop a casa, la Rita va deixar-se anar al sofà:

—Quin gran dia que hem passat, oi, Guillem? És veritat que el món semblava més bonic, avui!

En Guillem, que ja marxava per anar a recollir la Maria a casa dels tiets, va dibuixar un mig somriure:

—Sí... hem dinat bé.

La seva dona va arronsar el nas i va dir, mentre enfonsava el rostre en la novel·la que estava llegint:

—Ai, Guillem... de vegades ets tan... fat!

[Vacances al Mas Xic. Estiu del 2004]

La Cindy, la mare d'en Jim, patia uns atacs de ciàtica que la deixaven fora de combat. No era res greu, però les feines del Mas s'endarrerien i la dona va haver de demanar ajuda. En Jim va decidir anar-hi a passar tot l'estiu —les classes particulars d'anglès s'acabaven a final de juny i les traduccions podia fer-les des d'allà— amb els nens. La Marta s'hi afegiria a l'agost, quan tancava l'acadèmia, i van suggerir als Larralde que hi anessin. Li agradava poder oferir-los unes vacances idíl·liques a tan bon preu. La Marta tenia també una raó oculta per preferir compartir les vacances amb els amics: temia que s'estiguessin fent realitat els temors que havia expressat en aquell vol transatlàntic, quan li va confessar a en Jim el seu desig de ser mare. Temia que en Jim es cansés de la vida estable, de les obligacions, els horaris i les rutines, que es cansés d'ella.

Odiava fins i tot abans que existís una Marta insegura i amargada que allunyaria en Jim i podia acabar provocant allò que tant temia. I tanmateix, durant l'estiu va adonar-se que aquella versió d'ella mateixa estava arribant. Els nens dormien malament a les nits i ella es llevava cansada, sense ganes de res. En Jim, per contra, estava eufòric i volia esprémer els dies: proposava excursions per mostrar la bellesa empordanesa als seus amics i, a les nits, era l'ànima de les reunions a l'aire lliure. La Marta s'esforçava per aguantar desperta, però la son acabava vencent-la. El seu cansament era inversament proporcional a la vitalitat del seu home. I tot d'una va adonar-se que, mentre que ella sumava les hores i la pressió de l'acadèmia a les obligacions relacionades amb els fills, en Jim havia mantingut inalterable el seu plàcid ritme de vida. Poques hores de classe, algunes traduccions, vacances escolars.

En unes setmanes havia passat de culpable a víctima i va ser desolador constatar que aquest segon estatus encara era pitjor que el primer.

[Un concert d'U2 al Camp Nou. Estiu del 2005]

L'eufòria els durava des del moment que van poder comprar les entrades. I en aquest estat d'embriaguesa natural van arribar al Camp Nou, una hora i mitja abans que comencés el concert. Estaven tan contents que, de tant en tant, no podien evitar fer-se una abraçada breu, amb cops a l'espatlla, que segellava el gran moment que estaven compartint.

Bono i els altres van aparèixer a l'escenari per sorpresa, uns minuts abans de l'hora prevista, amb l'estadi encara il·luminat. Des de lluny semblaven homes normals i, a la vegada, per com embogia el públic, eren semideus. «Un, dos, tres...», es van apagar els llums tot d'una i la música va començar a sonar a les fosques. Va esclatar la bogeria.

Van sortir de l'estadi més excitats que quan hi havien entrat. Sense cap vacil·lació, van fer cap a un pub irlandès que en Jim tenia controlat, en un intent potser no del tot conscient d'allargar les emocions viscudes durant el concert de la seva banda preferida.

Des del primer moment, en Guillem s'havia fixat en un home que bevia sol, en un extrem de la barra. Duia una gorra negra, amb una visera baixa que pràcticament li tapava el rostre.

—Mira aquell paio del final de la barra, Jim. Sembla The Edge.

—Sí, home! Au, va, no em collonis... Què vols que hi foti, aquí tot sol?

—Vaig al lavabo i així hi passaré a prop...

En Jim es va quedar mirant el periple del seu amic somrient beatíficament, una mica per efecte de la quantitat de cervesa que duia al cos, una mica perquè li feia molta gràcia la ingenuïtat d'en Guillem i la seva trajectòria sinuosa per passar arran del personatge misteriós.

—Jo crec que ho és, tio! Que sí! Que té perilla! I el perfil és clavat!!

—Jo crec que és un artista, potser un pintor. S'ha passat el dia barallant-se amb un quadre que no li acabava de quedar com ell vol i ha vingut a ofegar la frustració en cervesa...

—Potser s'ha barallat amb la dona...

En Jim ho havia dit per dir, però en Guillem es va posar seriós tot d'una i el va mirar de front.

—Us baralleu molt, la Marta i tu?

—No gaire, amb la Marta és difícil barallar-s'hi.

—Nosaltres, la Rita i jo, sí. Tota l'estona.

—Home... no fotis!

—Sí, tio, tenim caràcters molt forts, tots dos. I ella, hi posa tant de dramatisme...

—Què vols, si és actriu!

—Doncs mira, el drama que el deixi a l'escenari. De vegades penso que no hauríem hagut de tenir fills...

—Però què dius?

—A veure, no cal dir que ara la Maria és el centre de la nostra vida i tot això, però vull dir que, tal com som, amb les feines que tenim... potser no va ser gaire responsable posar-nos una càrrega com aquesta. Els horaris de la Rita són impossibles, mai no sap quan podrà arribar a casa, i els rodatges comencen de matinada... Quan arriba està morta i només té ganes de ficar-se al llit.

—Però ara ja s'acaba la sèrie aquesta, no?

—Sí, i quan passa això és pitjor. Es posa de molt mal humor perquè no li truquen, pensa que mai més no li sortirà cap feina, que la gent s'oblidarà d'ella, un mal viure, tio.

—Vaig sentir que ha fet un càsting per a una obra del Nacional, no?

—Sí, és un projecte molt important, dels grossos, espero que l'agafin, tot i que això vulgui dir que no la tindrem ni un vespre a casa...

La lletania d'en Guillem no s'acabava mai i en Jim, per un moment, es va preguntar si la Marta també estava queixosa d'ell, dels seus horaris relaxats i els seus ingressos incerts. Va esbandir aquells pensaments i va canviar de tema:

—Hòstia, quina passada de concert, eh?

Quan es van aixecar per sortir del bar —collons, vaig de carquet!—, l'home de la gorra no s'havia mogut de lloc. Van passar fent tentines a prop seu. Seia pràcticament en la mateixa postura que havia mantingut tota la nit. En Guillem se'l va mirar sense manies i, just quan passava rere seu, va deixar anar:

—Bye, Dave!

I quan en Jim ja era fora al carrer i ell aguantava la porta del pub per sortir, va sentir una veu fonda que deia:

—See you!

Ho van sentir quan ja eren al carrer, just abans que la porta es tanqués i van esclatar tots dos amb grans rialles. No van parar de riure fins que van arribar a casa i l'endemà, quan van tornar a la vida, el primer que van fer va ser trucar-se:

—Ei, com estàs?

—Ja ho veus... Amb ressaca, com tu.

—Escolta una cosa: allò d'ahir a la nit era broma, no?

—El què?

—Allò de tenir The Edge assegut a la barra de l'irlandès...

—Que no era The Edge, pallús!

—Doncs bé que ens va contestar quan li vam dir adeu...

—Doncs haver-li preguntat si era ell, collons!

—Mai no ho sabrem, company...

[Cap de setmana de juny a Formentera. Estiu del 2005]

Els aniversaris de la Marta eren una data maleïda. Tothom que la coneixia bé sabia que, uns dies abans, aquella noia habitualment benhumorada i estable començava a mutar en una persona desconeguda, irascible, introvertida i esquerpa.

Des del mateix dia que es van conèixer, en l'aniversari dels vint anys, en Jim va proposar-se canviar algun dia aquesta tendència. Aquell any en feia trenta-cinc i en Jim va considerar —se li va ficar al cap i era tossut com una banya de marrà— que podien donar el dol per acomiadat. Havien passat molts anys. La mare de l'Adela ja no hi era i el seu pare, pobre home, havia quedat tan abatut que amb prou feines s'adonava del dia que érem.

Així que va reservar vols i apartament a Formentera per

a quatre. Mentre ella picava de mans, el seu home va advertir-li que, per anar-hi, la condició era que aquell any sí que celebrarien el seu aniversari i que allò encetaria una nova era. La Marta ho va acceptar.

Al vespre, quan el sol ja havia caigut però encara hi era, i l'illa semblava un ésser viu que bategava a sota de la llum vibrant que ja anunciava la posta, van sortir de casa. La Marta havia demanat consell a la Rita per vestir-se. Van emprovar-se vestits i la Rita feia el pallasso per foragitar els fantasmes de la Marta. La Marta reia. La Rita s'engrescava encara més.

Tot d'una, la Marta va agafar les mans de la seva amiga i va esperar pacientment que l'altra callés.

—No tindré cap amiga com tu.

—Ep! Que això sona a funeral! No en necessites cap, d'amiga com jo... ja em tens a mi.

La Marta va callar perquè, realment, no sabia per què ho havia dit ni per què havia parlat del futur si el present era magnífic.

—Som amigues de l'ànima, amigues íntimes, millors amigues, amigues germanes. Però si hem sincronitzat les regles i tot!

Al final la Marta va estrenar un vestit lleuger, molt estiuenc, amb un estampat petit de grocs i verds. S'havia recollit els cabells i duia unes arracades llargues que quasi li fregaven les clavícules quan movia el cap. En Jim li va dedicar una mirada llarga i voraç i la va agafar per la cintura per començar a caminar. Tots dos alhora, sense saber-ho l'un de l'altra, es van preguntar per què ja no ho feien quasi mai. Per què ja no caminaven enllaçats, com havien fet els primers anys, quan deixar-se anar era un sacrifici i una renúncia.

Una nit de juliol, 1.50 h

En Jim havia entrat al Mas a buscar glaçons i el van veure sortir amb la seva mare agafada de bracet.

—Cindy! Encara estàs desperta?

—Ve a dir-vos bona nit.

—Però que no és molt tard?

—Sí, noia, soc una mica tronera... Poc que tinc edat...!!

Encara duia el vestit del casament, de color malva, amb una flor de roba de tonalitats liloses a l'escot. S'havia abrigat amb un xal de ganxet que s'havia fet ella mateixa.

—Cindy, estàs guapíssima, molt elegant!!

—Ja pots comptar... Tu sí que fas goig, Guillem!

La Marta la mirava amb afecte. Realment tenia un aspecte adorable, amb aquell aire hippy que l'acompanyava sempre, però amb un toc distingit adequat per a l'àvia de la núvia.

S'havia aixecat un aire empipador, així que en Jim va insistir a la seva mare que se n'anés a dormir.

—Vinga, que encara et refredaràs.

—T'acompanyo, Cindy.

La Rita la va ajudar a aixecar-se de la cadira i la va guiar cap a dins de la casa, adaptant-se al seu pas lent. Quan ja eren a punt d'entrar, la Cindy es va aturar i es va girar cap a la taula on hi havia el seu fill amb els amics. Va saludar amb la mà com faria una reina i va dir, alçant la veu:

—Bona nit! Quin dia més feliç, oi? Que bé que estigueu així... Que bé...

Quadrilàter és un espai quadrat a l'interior del qual la lluita es porta a terme

A Barcelona, el mes de maig regala uns dies estranys: encara frescos al matí, amb migdies calorosos que semblen petits estius, i unes nits tèbies que conviden a sortir al carrer. Ningú no sap com seria més adequat vestir-se per passar aquests dies fluctuants i els ciutadans es barregen pels carrers equipats de la manera més diversa, uns amb anorac, els altres amb bermudes, com si tothom anés una mica disfressat.

En Jim, per exemple, aquell matí havia optat simplement per uns texans i una samarreta blanca de màniga curta. Les dues peces descansaven en aquell moment a terra, cargolades, l'una damunt de l'altra, amb els calçotets al damunt. Ell jeia al llit —llarg com era, l'ocupava de la capçalera als peus— i rebia amb complaença el sol de tarda que li resseguia la pell i li feia semblar més rossos els pèls dels braços i de les cames.

Va tancar els ulls per esprémer aquell moment de benestar físic i va concentrar-se en la remor llunyana dels cotxes més enllà dels vidres, que feia més intensa la sensació de pau a dins de l'habitació. Va separar encara una mica més les cames per sentir el tacte fresc dels llençols, però una rampa al bessó dret el va fer saltar del llit. Va fer un parell de saltirons a peu coix i va tornar a deixar-se caure, ara de bocaterrosa. Va quedar-s'hi quiet, mig endormiscat.

Només va obrir un ull quan va sentir el pes lleuger que havia enfonsat una mica el matalàs al seu costat. Encara sense moure's, la veu esmorteïda pel coixí va preguntar:

—Que hem de marxar?

I estrafent la veu com un nen petit:

—Cinc minuts més, vaaa, només cinc minutets...!

La Rita va sacsejar-lo suaument, posant-li les dues mans a les espatlles, amples i daurades com unes ales esteses.

—Vinga, són quarts de quatre. Jo me n'he d'anar...

—Qui t'espera?

Havia volgut fer la pregunta amb un to seductor, com un joc entre amants: què pot esperar-te allà fora que sigui millor que això que tenim, que aquesta habitació d'hotel plena de sol de migdia, que el teu cos nu i el meu cos nu. Però en canvi, l'interrogant va caure com un pes mort entre tots dos. La Rita es va posar dreta d'un bot i en Jim es va quedar encara uns segons de bocaterrosa, la cara enfonsada al coixí, penedint-se d'haver pronunciat aquelles paraules. Perquè aquesta pregunta juganera, qui t'espera?, havia convocat la imatge d'en Guillem i de la Marta. I llavors, de sobte, ja no importaven els llençols frescos ni la llum de migdia, perquè s'havia trencat l'encanteri d'aquell món que havien decidit crear tapant-se ulls i orelles, com si la vida exterior i anterior no existís. Com si el sexe entre ells pogués ser una cosa excitant, tendra i innocent i no aquell pecat mortal, aquell error imperdonable.

Així que es van vestir en silenci, sense mirar-se, i van sortir d'aquella habitació d'hotel com dos delinqüents avergonyits. A l'ascensor, en Jim clavava la mirada a terra i la Rita li va agafar la barbeta per fer-li aixecar el rostre.

—Hem de prendre una decisió.

I aquestes eren justament les paraules que ell no volia sentir. Hauria preferit que la Rita digués: Jim, això s'ha d'acabar, tallem-ho de soca-rel. O bé: Jim, parlem amb ells i confessem-los que ens hem enamorat. Però mai de la vida hauria volgut sentir: Hem de prendre una decisió. Perquè això, precisament, era el que ell no volia fer. No podia fer. No podia. No.

S'havien vist dues vegades. Vist i tocat i besat. Dues vegades. La primera sense haver-ho planificat, ni tan sols pensat. Però la segona sí, la segona havien buscat el moment, havien concertat la cita d'amagat i havien mentit a les seves parelles. I això —per a en Jim— era inexcusable. No gosava dir-ho en veu alta, ni tan sols pensar-ho, i feia servir les autodisculpes més tòpiques per tot seguit avergonyir-se'n.

Havia intentat analitzar-ho, saber com havia començat, i havia arribat a la conclusió que el primer símptoma d'aquesta malaltia mental que l'havia convertit en una altra persona i que ara dominava la seva ment i la seva voluntat, el primer símptoma va notar-lo el 16 de febrer, la nit de l'estrena de *La gavina*, de Txékhov.

Feia setmanes que la Rita parlava d'aquest esdeveniment, el seu primer paper protagonista al teatre. Per una bella i inesperada casualitat, el paper que li tocava interpretar era el de la Nina, una jove que desitja ser actriu més que cap altra cosa. La Rita hi veia tantes implicacions personals, en aquella Nina que li recordava tant la seva mare, que estava convençuda que faria una gran interpretació. Estava emocionada, excitadíssima, i va aconseguir encomanar als altres tres aquest estat d'ànim, de manera que la nit del 16 de febrer estava predestinada a ser una nit d'exaltació. I ho va ser, però en Jim no hauria imaginat mai fins a quin punt.

La Rita va aparèixer a l'escenari amb un vestit llarg, d'un blanc trencat, cenyit a la cintura i tancat fins al coll amb unes puntes brodades. Els cabells —aquella cabellera llarga i ondulada que habitualment ballava lliurement a l'esquena— els tenia recollits al clatell. Duia un xal petit de mussolina, de color beix, damunt de les espatlles. L'agafava davant del pit amb les dues mans i una gràcia infinita. Des del primer moment, en Jim va saber que ja no podria tornar a veure la Rita com abans. Després de l'estrena, tots els seus gestos van començar a llançar missatges: la inclinació del cap quan preguntava alguna cosa, que dibuixava una diagonal perfecta entre l'espatlla i el clatell; la llargada de les pestanyes; la tonalitat rosada i fosca dels llavis; el riure fresc que sempre s'acabava amb una rialla minúscula com a colofó; el gest veloç de reunir tots els cabells en un costat, cargolant-los una mica i deixant-los reposar a la dreta del coll, per immediatament després tirar-los amb energia cap enrere.

Durant uns dies va poder-se tranquil·litzar amb l'explicació que, en realitat, s'havia enamorat de la Nina, el personatge creat per Txékhov. Però la veritat va acabar imposant-se.

Havien passat tres setmanes i, mentre la Rita feia de Nina a l'escenari, en Jim interpretava el paper de la seva vida, el més difícil: havia de fer veure que tot era com abans. Que tots quatre encara habitaven un món fet a mida i confortable. Que era un home bo i sincer i que no els enganyava a tots.

Als sopars que feien al pati, la Rita tornava a portar texans descolorits i una samarreta de cotó, xancletes als peus i els cabells deixats anar. Però sempre hi havia algun moment que en Jim trobava el rastre de la Nina —la manera d'ajupir-se per agafar alguna cosa de terra, o quan es fregava distretament la barbeta mentre l'escoltava—, i a partir d'aleshores la nit es desfeia en milers de detalls insignificants per a tots, excepte per a ell. Una mirada de la Rita creixia i creixia i en comptes de segons durava hores. El seu gest espontani de clavar-li un cop amb els malucs si es trobaven pel passadís ressonava fins a eixordar-lo. Si li donava la raó en una discussió, era perquè l'estimava. Si s'asseia lluny d'ell, era perquè no podia resistir tenir-lo a prop. Si allargava la nit era perquè necessitava estar amb ell. Si se n'anava a dormir d'hora era per poder pensar en ell abans d'agafar el son.

Hi havia dies que tornava a connectar-se amb la realitat i aquelles il·lusions pràcticament desapareixien. Aleshores pensava que tot plegat havia estat un enlluernament, una ofuscació momentània, i que ja ho havia deixat enrere.

Però aleshores, el dia més inesperat, rebia una trucada i veia el seu nom a la pantalla del mòbil. I les quatre lletres que el conformaven eren la fórmula màgica que ho tornava a posar tot de cap per avall i de seguida imaginava que ella li trucava per proposar-li una cita privada o directament per dir-li sense embuts que l'estimava.

En ocasions l'assetjava una visió de la Rita en el moment més inoportú, quan compartia un àpat amb la Marta o quan jugava a pilota amb en Biel al pati. Eren com flaixos rapidíssims, com una projecció de diapositives que es produïa a dins del seu cervell. La Rita vestida de blanc a l'escenari, la Rita recollint-se els cabells amb les dues mans, deixant el clatell al descobert, la Rita jugant a escacs amb ell, fent aquell gest tan seu quan es concentrava de fregar-se l'entrecella.

Mentre aquesta mena de febre consumia en Jim, la Rita va començar a notar que passava alguna cosa. Primer va pensar que potser en Jim i la Marta s'havien barallat i ell estava neguitós. Després va sospitar que el distanciament era amb en Guillem i per això semblava que estigués violent quan compartien espai. Finalment, va decidir que ella devia ser la culpable de tot. Potser havia dit alguna cosa que l'havia ofès, per culpa de la seva vehemència?

En va parlar amb el seu home:

—No trobes que en Jim està estrany? Que saps si li passa alguna cosa?

En Guillem no s'havia adonat de res.

—Però si t'ho sembla, pregunta-l'hi, dona...

Abans de fer-ho, va parlar amb la Marta.

—Fa dies que trobo que en Jim no és ell. Que us passa res?

La Marta va admetre que el seu home estava més taciturn, una mica esquerp.

—En porta alguna de cap, però noia, no hi ha manera d'arrencar-li res. Si ho vols provar... potser tindràs més sort!

Així que tots dos, en Guillem i la Marta, d'alguna manera, la van empènyer cap a un lloc on no haurien volgut mai que arribés.

El lloc —físic— va ser la platja del Bogatell. En Jim hi anava a córrer tres cops per setmana, cap al tard, i tant la Rita com en Guillem s'hi afegien de tant en tant. Aquell divendres d'abril, al migdia, en Jim va rebre un missatge de la Rita: Sortiràs a córrer, avui? M'hi vols?

En Jim va llegir-lo i va tancar el mòbil de seguida, perquè ningú no pogués veure'l, tot i que estava sol, assegut a la barra del bar on esmorzava. Li tremolaven les mans quan va tornar a obrir-lo: «M'hi vols?», li va semblar la insinuació més dolça i temptadora del món. No ho era. O no estava pensat per ser-ho.

Al cap d'unes hores, però, amb la respiració encara accelerada de la carrera, tots dos asseguts a la sorra, la confessió atabalada d'en Jim —del tot inesperada per a la Rita— va donar al missatge innocent del mòbil un altre sentit, i la bomba de rellotgeria que contenia va començar el seu tic-tac inquietant.

Mentre en Jim posava paraules —tendres però gruixudes, gairebé solemnes— als seus sentiments, la Rita l'escoltava en silenci, sense mirar-lo, amb els ulls clavats a l'horitzó. Veia els núvols prims, les crestes blanques de les onades, una colla de veles que semblava que navegaven en grup, l'ombra imponent d'un gran transatlàntic. Feia un dia clar i temperat, i al seu darrere els patinets i les bicicletes lliscaven a tota velocitat. Els veien de cua d'ull.

I escoltant en Jim —el seu amic, el seu veí, el marit de la seva amiga—, el món de la Rita va començar a esquerdar-se sense fer soroll. Les coses que semblaven immòbils van trontollar i aquella vida que fins aleshores semblava prou harmònica, raonablement feliç, va omplir-se d'escletxes i va haver-hi fuites per tot arreu. Eren paraules que no hauria volgut sentir mai i que, a la vegada, l'omplien com mai res abans d'un benestar quasi físic. Tot d'una, li va semblar que les havia estat esperant tota la vida i es va adonar que, en realitat, mai no les hi havien dedicat. En Guillem, l'home auster i equilibrat que l'havia acompanyat tots aquests anys, mai no havia dit paraules tan plenes i, encara més: la Rita estava segura que mai no ho havia sentit.

El va deixar parlar una bona estona i la veu d'en Jim, aquell accent empordanès esquitxat molt esporàdicament amb expressions angleses, va anar imposant-se, aïllant-la del brogit de veus, dels xiscles de les gavines, de la remor del mar. Quan ell va callar —em sap greu, però m'he enamorat de tu, va ser la darrera cosa que va dir—, la Rita es va girar per mirar-lo; li va veure els ulls plens de llàgrimes, blaus d'aiguamarina, sense cap ombra de dubte, va agafar-li la cara amb les mans i es van mirar una bona estona. Ell no sabia què pensava ella. Es va quedar quiet i mut, esperant. Temia que ella estigués ofesa, dolguda, avergonyida. Però ella només sentia a dins seu una eufòria nova, nascuda en algun punt del discurs hipnòtic d'en Jim.

El primer petó el va fer la Rita —ell no hauria gosat—, i després en van venir més. En Jim ho havia imaginat molts cops, de vegades mentre la Rita parlava i ell no podia apartar els ulls dels seus llavis. Li feia por que ella mateixa o els altres se n'adonessin, que veiessin el seu desig amb la claredat que dibuixa el rastre de les onades a la sorra.

Quan es van separar, quan es van tornar a mirar als ulls, ja eren uns altres. Ja no quedava cap rastre dels amics, dels veïns, en Jim i la Rita d'abans havien desaparegut i amb ells la Marta i en Guillem, els sopars a quatre al pati, les vacances en grup. En qüestió de minuts, l'aliança que els encerclava s'havia fet malbé.

En Jim, encara trasbalsat pel contacte físic —que havia

somiat tant però que no esperava—, comprenia que era precisament per aquesta reacció impulsiva de la Rita que s'havia enamorat d'ella. La Rita era el cingle que l'atreia sense remei; era una emoció que feia rodar el cap; el desig incontrolable de saltar amb la fe que, en els somnis, desplegues les ales i pots volar, i ell era el caminant que havia arribat fins allà per senders sense a penes dificultat.

Després del petó, encara es van quedar una bona estona allà asseguts, l'un al costat de l'altra, en silenci, fins que van passar a prop seu un parell de nois que anaven descalços i només duien banyador. Es passaven una pilota i deixaven anar insults en to de broma, amb les seves veus gruixudes. Un d'ells va saludar en Jim amb un cop de cap: «Ei...».

En Jim va incorporar-se com si algú hagués pitjat un ressort. Mentre s'espolsava la sorra dels texans va mormolar: «Van al meu gimnàs». La salutació dels nois el va fer adonar-se tot d'una de la imprudència que havia comès uns minuts abans. Qualsevol podia haver vist com la Rita i ell es besaven, qualsevol veí o conegut del barri. Potser l'Olga, o els seus sogres. El cor li bategava cada cop més de pressa.

De seguida va notar l'adrenalina i va saber que aquell neguit que l'acompanyaria d'aleshores endavant seria una barreja de por i de plaer. També va saber que estava disposat a assumir-lo, determinat a seguir endavant, tot i que aquesta no seria la paraula adequada perquè la determinació no hi tenia res a veure, amb la seva actitud. Es tractava més aviat d'una força que l'empenyia, d'una condemna o d'una addicció.

Els dies següents a la conversa de la platja del Bogatell van ser un autèntic suplici per a tots dos. La Rita es llevava amb una excitació que l'acompanyava tot el dia i no li deixava agafar el son a la nit. Sobretot sentia un gran buit perquè era la primera vegada a la vida que li passava una cosa grossa i no podia compartir-la amb ningú. Les úniques persones amb qui hauria volgut fer-ho eren el seu home i la seva amiga, els dos interlocutors prohibits.

En Jim es trobava en una situació semblant però hi afegia l'angoixa profunda de pensar que les persones a les quals voldria acudir —en el seu cas en Guillem i la Marta— eren precisament les víctimes de la seva actitud irresponsable. Els remordiments el rosegaven.

La Rita era diferent, el concepte de penediment li era quasi del tot aliè. El que estava fet, estava fet. Sentia el que sentia. No es barallaria amb el seu instint i va ser precisament aquells dies quan —potser per primera vegada— va pensar que s'assemblava més a la seva mare del que hauria volgut.

Durant aquells primers dies, tant en Jim com la Rita van fer per evitar una trobada a quatre. Cadascú en tenia prou mirant de gestionar les emocions a casa. Quan ja havien passat quasi tres setmanes, en Jim es va començar a creure que allò —la platja del Bogatell, la confessió, fins i tot el seu enamorament foll— quedaria tancat en un parèntesi, una mena de bombolla que quedaria surant entre ells però que mai no esclataria.

Però aleshores, un dijous a la tarda, la Rita li va trucar. El sol fet de veure el seu nom a la pantalla del mòbil va fer esclatar la bombolla i el que hi havia a dins es va vessar i va omplir-ho tot.

—Podem veure'ns?

El to de veu era compungit i alterat alhora, li va semblar que havia plorat just abans de trucar-li. Mentre ella li deia que necessitava parlar de tot el que sentia, ell anava repassant mentalment la llista de bars allunyats de l'Eixample, la mena de llocs als quals era impossible que la Marta visités un dijous a la tarda. Va proposar-li un lloc i ho va fer avergonyit, i la Rita va acceptar de seguida, sense preguntar res, tot i que estava a l'altra punta de la ciutat.

Quan va entrar-hi, enlluernada per la llum exterior, només va veure la silueta d'en Jim al final de la barra, llarg i prim, una mica geperut. No sabia si ell l'havia vista i s'hi va acostar sigil·losament, com si no volgués espantar-lo. Va seure al tamboret buit que tenia al costat i, sense ni tan sols treure's la jaqueta, sense dir-li hola ni preguntar-li què tal, va començar a parlar i a dir-li que no podia dir-li que s'havia enamorat d'ella i després fer veure que no havia passat, que des del dia de la platja que no dormia bé i que no menjava, i que no podia mirar-se en Guillem...

—Ho sé, jo tampoc puc aguantar-li la mirada a la Marta. El sentiment de culpa és horrible, horrible.

La Rita se'l va mirar aixecant una mica les celles, deixant escapar un gest contrariat.

—No ho deia per això. No em puc mirar en Guillem perquè ja no el veig com abans, perquè quan el miro sé que ja no és com abans.

—Què vols dir?

—Vull dir que, fins al dia de la platja, em pensava que l'estimava. És a dir, me l'estimo, esclar, i tant que sí, però ja no n'estic enamorada. I això no ho sabia, no ho sabia fins que tu vas dir-m'ho.

—Jo no t'ho vaig dir...

—Però m'ho vas fer veure. I ara que ja ho sé no puc fer com si no passés res.

El cervell d'en Jim va començar a accelerar-se i a produir pensaments dispersos, contradictoris, alguns de surrealistes. Tenia la sensació d'haver posat en marxa una màquina que ara no podria aturar i que els arrossegaria pendent avall, cap a l'abisme. Ara, als remordiments per estar enganyant la Marta, s'hi afegia la culpa d'haver provocat —ell solet, la Rita ho havia deixat ben clar— una esquerda irreparable al matrimoni dels seus millors amics.

En veure'l callat i capcot, la Rita es va començar a encendre, i aquesta vegada no era l'enamorament la guspira que calava foc, més aviat era la indignació. Què li passava, ara, a aquell home? Era el mateix que li havia dit aquelles paraules d'amor a la platja? Per què no estava eufòric, com ella, que no aconseguia dominar la passió ni en tenia cap ganes?

—Es pot saber per què estàs així?

—Així com?

—Trist, tancat en tu mateix, com si jo no hi fos o ja no et despertés tots els sentiments que l'altre dia em vas encomanar.

En Jim la va mirar uns segons en silenci. Els sentiments que em vas encomanar? Parlava de l'enamorament com si fos un constipat: ella estava sana i en Jim se li havia acostat i li havia traspassat el virus.

—Però... tu, Rita... tu no havies pensat mai en mi d'aquesta manera?

—Què vols dir? A què ve, això?

—Vull dir, si no havies sentit res especial abans d'aquell dia, potser el que passa és que la meva confessió t'ha fet confondre. Podria ser que...

La pell de l'escot de la Rita es va tenyir de vermell i l'escalfor li va pujar pel coll fins a les galtes. Va agafar la jaqueta d'una revolada i es va aixecar.

—Mira, tio, ara sembla que et sàpiga greu que m'hagi enamorat de tu. Qui t'entengui que et compri.

Se n'anava, però ell la va frenar agafant-la pel braç.

—No marxis. Parlem-ne. Només vull mirar de no destrossar-ho tot.

El to era tan baix que per un moment la Rita es va pensar que plorava. Es va tornar a asseure al tamboret.

—Què proposes? Que fem com si no hagués passat res? Que no en parlem mai més, d'això? Que tornem a sopar tots junts al pati com si res?

En Jim sabia que la Rita tenia raó. Si volien ofegar aquell amor acabat de néixer no podien seguir com abans. No podien ser veïns i amics i veure's cada dia. Seria un sofriment que, a més, s'acabaria malament. Va tornar a abaixar el cap, fixant la mirada en les seves vambes, la dreta descordada, l'esquerra trepitjant la rajola vermella del terra del bar. Va sentir la seva veu com si ell estigués en una nau espacial i ella li parlés des de la NASA:

—Mira'm.

Va aixecar el cap i la va veure allà davant seu, tan a prop, tan assolible. Els ulls una mica plorosos però la barbeta enlaire, decidida i vulnerable alhora. Ella esperava en silenci, enredant i desenredant un floc de cabells entre els dits.

Van passar uns segons només, però es podria dir que aquell parèntesi era un congost entre dues parets altíssimes. A una banda hi havia la Marta, la seva vida fins aleshores, i a l'altra hi havia la Rita i la incertesa. Va viure aquells segons abismat, sentint el terratrèmol ben endins, però quan el tremolor va parar va notar una determinació nova que el posseïa. En silenci, va demanar al cambrer que li cobrés les begudes. Va agafar la Rita per les espatlles i van sortir del bar.

Van caminar sense dir-se res una bona estona, fins a la cruïlla amb la gran avinguda. En Jim va mirar a banda i banda, aclucant els ulls per veure-hi millor, i va girar a l'esquerra fins a l'entrada de l'hotel. La Rita havia d'apressar el pas per seguir-lo, perquè cada gambada d'en Jim n'eren dues de seves. Va entrar darrere d'ell i el va deixar fer.

A l'habitació van mantenir encara el silenci mentre es despullaven l'un a l'altra a poc a poc. Un cop nus es van veure reflectits al mirall, ell llarg i prim, la pell pigada, ella amb la pell bruna i la cabellera fosca damunt del pit. Van estar-s'hi una estona, drets, agafats de la mà, com un exercici de sinceritat i de buidatge. Som nosaltres i som aquí. Van estimar-se sense presses i amb moltes ganes. Van deixar que els seus cossos parlessin. I només al final, quan jeien l'un al costat de l'altra, esgotats i extasiats, la Rita va dir:

—Això no ho podrem aturar, Jim.

Aquell dia, en Jim va notar gairebé físicament com els fonaments que el sostenien s'esquerdaven a sota del seu comportament. Com l'home que havia arribat a ser —a empentes i rodolons, però des de la més estricta llibertat— el mirava als ulls i li demanava amb un gest què collons estava fent. Però també va ser el dia que va notar com la vida accelerava el ritme, com la sang circulava més de pressa, com cada cèl·lula del seu cos celebrava l'amor.

Va ser aquell dia de maig, el dia que ell jeia al llit d'una habitació d'hotel i havia preguntat, innocentment, per jugar una mica: Qui t'espera. El dia que es van vestir en silenci, sense mirar-se, i van sortir de l'habitació com dos delinqüents avergonyits. El dia que, a l'ascensor, la Rita havia agafat la barbeta d'en Jim per fer-li alçar la mirada i li havia dit, a mig camí entre la súplica i l'imperatiu:

—Hem de prendre una decisió.

La decisió va ser l'única possible. Se'ls va imposar com caiguda del cel davant dels ulls, rotunda i inevitable. La solució era dir la veritat.

No hi havia cap altre camí ni hi havia marxa enrere, encara que era una opció temptadora, sobretot si pensaven en els fills. Perquè encara que callessin, encara que fessin veure que tot allò no havia passat, no podien tornar a la vida que tenien de sopars al pati i vacances en família. Aquesta possibilitat —tots dos hi coincidien— els faria sentir encara més perversos. La veritat, per dolorosa que fos, els permetia conservar una mica de dignitat. Així que, sentint-s'hi obligats, com tancats a dins un túnel amb un incendi darrere l'esquena, van decidir tirar endavant i buscar una sortida.

Van acordar el dia i l'hora: seria el divendres següent al vespre, abans que ningú volgués fer plans en comú per al cap de setmana. Ho farien cadascú a la seva manera i no van voler parlar-ne. No volien imaginar-se l'escena dels dos matrimonis, separats només per una paret, vivint una escena bessona. I, tanmateix, així és exactament com va succeir.

Enmig de les onades altes

Soc un home de costums. M'agraden els petits rituals, el confort que proporcionen algunes repeticions. Per això, una de les coses que més m'agradava del fet que la Rita no fes teatre era «la nit de la pizza», cada divendres: per a mi era sagrat.

A la Maria li encantava rumiar quins ingredients hi posaríem, i feia unes combinacions cada vegada més arriscades. Quan jo tornava a casa, les trobava totes dues a la cuina, amb els davantals posats i les mans plenes de farina. Aquella escena em feia feliç.

Quan la Rita feia teatre em sabia molt de greu haver de renunciar a la nit de la pizza. «Ho podeu fer vosaltres dos», deia ella, i ho fèiem. Però no era el mateix.

En general m'hauria agradat que la Rita fes més de mare. Els horaris no ho facilitaven: o bé s'havia de llevar de matinada per gravar o tornava quan la nena ja dormia, si feia teatre. Tot i així, s'hi podia haver esforçat una mica més. Quan ho parlàvem, ella sempre acabava donant-ne les culpes a la seva mare. Deia que tothom imita el model que veu a casa i que la Lola no havia sigut mai criaturera, que mai no les havia ajudat amb els deures ni es posava a jugar amb elles. En general, a la Rita, la seva mare solia servir-li d'excusa per a tot.

Aquell vespre vaig arribar una mica tard, així que ja les vaig trobar assegudes al sofà, menjant la pizza d'albergínia, mozzarella i fuet. La Maria tenia pressa perquè la tastés (pare, vine, seu, agafa'n un tros, veuràs que boníssima) i la Rita em mirava d'una manera estranya. Vaig pensar que la devien haver rebutjada per al nou muntatge del Nacional i que estava cabrejada; vaig pensar que em mortificaria amb una escena dramàtica abans de dormir. Viure amb Antígona, Blanche Dubois o Lady Macbeth, segons el dia, podia arribar a ser molt pesat. Recordo que em va sorprendre veure que havia obert una ampolla de vi i que ja se n'havia begut la meitat.

Vaig canviar-me de roba i vaig seure al sofà amb elles. Després d'un bon fart de pizza, vaig convèncer la Maria que, en lloc de veure una pel·li, com volia, anéssim al llit i miréssim un conte. Vam llegir el seu preferit, *La pomera Miranda*, que era un arbre que parlava i que volia que les seves pomes fossin ensucrades com les que venen a les fires.

Me'l sabia de memòria perquè la Maria el volia llegir cada vespre des de feia setmanes. Digna filla del seu pare, també s'aferrava als costums. Li vaig dir que aquell cop era l'últim, que després deixaríem reposar el conte de la pomera i en llegiríem un altre. Va triar *La mar salada i el mariner* i el vam deixar a la tauleta de nit per a l'endemà.

Quan finalment va caure rendida, vaig tornar al menjador, que ja estava a les fosques. Em va estranyar que la Rita s'hagués enllitat tan d'hora. Però quan havia girat cua i ja era a mig passadís, vaig sentir que em cridava des del menjador. Era la seva veu, però afeblida.

Vaig tornar enrere i vaig veure el perfil en penombra. Estava asseguda al sofà, amb la copa de vi a la mà. La claror que entrava de fora el pati —una barreja de fanal i de lluna— em deixava veure la seva cabellera abundant i ondulada caient damunt del seu pit dret. Vaig notar com em creixia un desig sobtat perquè pensava, pobre de mi, que aquella espera en silenci i obscuritat era tota una proposició.

—Què fas a les fosques?

Mentre ho deia, vaig encendre un llum de peu i li vaig veure els ulls inflats i vermells. Vaig asseure'm al seu costat i se'm va escapar un esbufec. Feia setmanes, potser mesos, que el victimisme de la Rita m'acabava la paciència. No em costa gens de reconèixer-ho: no estava fent de marit empàtic i comprensiu. No la consolava. Ella devia sentir-se sola i jo estava saturat de la seva demanda d'atenció, que em veia incapaç de sadollar. Entre nosaltres les coses no rutllaven i n'accepto la part de culpa que em correspon. Tot plegat, però, no fa menys penós el cop que vaig rebre, sobretot perquè no me l'esperava en absolut.

La Rita va parlar amb la veu entretallada, somicant i eixugant-se les llàgrimes i els mocs. Em costava entendre-la, però vaig retenir la part central de la informació: s'havia enamorat d'en Jim i en Jim d'ella. Recordo que allà assegut, mig a les fosques, pensava en el conte de *La mar salada i el mariner* i en la il·lustració de la coberta, i jo era aquell marineret amb cara d'espantat que s'agafava al pal del vaixell enmig d'unes onades altes i plenes d'escuma.

Com podria descriure-ho? Totes les metàfores estan fetes. Una roca caient del cel, una navalla que esqueixa la carn, un terratrèmol, un aiguat que ho arrossega tot, un cop de puny monumental, una queixalada de llop, una escopinada llançada amb menyspreu.

En aquell mateix instant, quan vaig pensar en l'escopinada, vaig saber que em sentia més traït per en Jim que per la Rita. Vaig pensar que, en realitat, de la meva dona m'ho esperava. El pensament va anar agafant forma i vaig voler dir-lo en veu alta per fer-li mal:

—De tu m'ho esperava. Al final, els testos sempre s'assemblen a les olles.

Fer mal: Oi que t'has passat la vida atribuint tots els teus defectes a l'herència materna? Doncs ara es confirma que en realitat tenies raó. Ets igual que ta mare.

Al cap i a la fi, era veritat, oi? La seva mare s'havia embolicat amb el veí. I ella també.

La vaig deixar —com preveia— estabornida. Seia arrupida en un extrem del sofà, cada vegada més cargolada, ara amb els ulls tancats i les llàgrimes banyant-li la cara.

Fer-li mal va ser com una descàrrega i tot seguit vaig sentir una fluixera enorme, com si mantenir els ulls oberts i respirar em costés un esforç descomunal. A dins meu s'anaven formulant tot de pensaments, la majoria interrogants: Així que la cosa anava d'aquesta manera? M'he enamorat d'un altre i ara m'agrada més que tu? T'he estimat durant molts anys, ahir t'estimava, però avui ja no? I si aquest amor que senties per mi ara ja s'ha desfet, vols dir que era amor?

Jo m'ofegava, diria que gairebé literalment. Em costava respirar. Em vaig aixecar per mirar d'agafar aire i em vaig acostar a la balconada. Vaig recolzar el front al vidre —en recordo la fredor com si ara mateix ho estigués tornant a fer— i vaig fer dues o tres respiracions fondes. No la veia, només la sentia sanglotar.

Diria que en aquell mateix moment vaig començar a trobar-la a faltar. Més que a la meva dona, enyorava el que ella i jo érem quan estàvem enamorats. Potser trobava a faltar també el Guillem que jo era quan era el seu marit. Ja em sentia un home nou i de seguida vaig saber que aquell home nou no m'agradava i que em costaria molt adaptar-me a aquella nova pell.

Era com si el dolor ho hagués envaït tot, es movia com una substància viscosa pel nostre menjador, fent petites onades i —en aquell moment jo encara no ho sabia— filtrant-se a través de la paret cap al pis del costat.

A mi, que soc tan ploranera, aquella nit no em va caure ni una llàgrima. Suposo que estava en estat de xoc. Vaig haver d'anar a vomitar un parell de vegades, això sí. Vaig córrer cap al bany i, mentre treia el sopar, només pensava que em feia angúnia que en Jim sentís el soroll des de l'habitació. O sigui: el meu home m'acabava de dir que s'havia enamorat d'una altra dona, no de qualsevol dona, de la nostra amiga, de la meva amiga, i que em deixava, i jo patint per si em sentia vomitar. Aquesta soc jo.

Vaig sortir del bany i, sense dir-li res —estava assegut als peus del llit, blanc com un paper—, vaig anar cap a la cuina. Em vaig preparar una camamilla, amb tota la parsimònia, i vaig tornar a l'habitació amb la tassa que bullia damunt d'un platet per no cremar-me. En Jim era allà, exactament en la mateixa posició, com una estàtua.

Vaig seure a la butaqueta on deixem la roba, enfront seu,

i vaig començar a bufar la infusió. Ell em mirava espantat. No comprenia la meva reacció. Esclar. Jo tampoc l'acabava d'entendre. M'havia anunciat un cataclisme, la destrucció de la meva vida, i jo romania impertèrrita, sense perdre la calma. No és que no m'ho cregués. De fet, començava a lligar caps. Simplement tenia la sensació que allò li estava passant a algú altre, es produïa una dissociació estranya, jo era la protagonista però, en canvi, m'ho mirava des de fora.

Jo estava preparada —si és que es pot considerar així, si és que mai ningú es prepara per a circumstàncies terribles i si és que això serveix per a alguna cosa— per tenir una malaltia greu, per passar problemes econòmics, per a la mort dels meus pares, per als problemes que ens poguessin donar els fills. Però mai, mai de la vida, hauria imaginat que en Jim em deixaria. M'ho havia dit molts anys abans: «Mai no em cansaré de tu, només et deixaria si m'enamorés bojament d'una altra». Com has d'imaginar que un dia plogui cap amunt, que l'aigua dels bassals i dels estanys s'enfili enlaire, cap als núvols?

Mai no havia vist en Jim tan seriós, tan pàl·lid, tan profundament trist. I només em venien ganes d'abraçar-lo i de consolar-lo, que s'ha de ser beneita. També pensava en la Joana i en Biel, en com ens ho faríem per donar-los aquesta notícia. I en els meus pares. I en la Cindy. Tot eren estratagemes per no pensar en mi.

No vaig preguntar res. No vaig voler saber com havia passat, quan, per què. Aquesta actitud em va sorprendre molt. Era símptoma de covardia? Els dies posteriors vaig saber que, aquella primera nit, a dins meu s'havia activat un mecanisme per fer-me conservar la calma. Amb les hores i els dies, el mecanisme va anar cedint i finalment em vaig deixar endur pel dolor. Però l'explosió era d'efectes retardats i havia perdut força. En els primers moments, una energia desconeguda em va contenir i em va mantenir dempeus. Si fos creient parlaria d'un àngel de la guarda, que potser gosaria anomenar Adela. Però no crec en res (i ara ho puc dir amb tota rotunditat, perquè abans creia en l'amor i ara tampoc), i penso que aquella nit la naturalesa es va mostrar sàvia i jo vaig prendre'm la camamilla i em vaig ficar al llit sense pensar en res, sense que m'importés si en Jim es quedava a l'habitació o se n'anava, i em vaig adormir com un soc fins a la matinada.

Negra nit al ras

Els dies posteriors al daltabaix, en Guillem i la Marta van evolucionar cadascú a la seva manera. En Guillem va tendir a la ràbia, la Marta al desconsol.

La Rita i en Jim van marxar de casa l'endemà del doble anunci, com perseguits pel dimoni. Ella s'havia instal·lat a casa de la seva germana Sofia i ell dormia a l'acadèmia de dansa, damunt d'una màrfega. El que va venir després va ser com un viacrucis amb diverses estacions: parlar amb els fills, dir-ho als pares, prendre decisions administratives, buidar els armaris, buscar pis. Els dies es feien eterns, però en canvi no hi havia temps per deixar-se endur per la tristesa.

Van aprendre a conviure amb l'angoixa, la van incorporar a la seva respiració: tots quatre, quan sortien de casa o quan entraven al portal, s'aturaven uns segons i paraven l'orella. Si sentien algun soroll que podia fer pensar que es trobarien algú (algú volia dir un dels quatre), s'esperaven a entrar o a sortir. Com uns delinqüents —pensaven en Jim i la Rita—, com si estiguessin infectats —pensaven la Marta i en Guillem.

La primera trobada va ser al cap d'una setmana. En Guillem i la Marta van ensopegar en una granja que hi havia a prop, on ella esmorzava cada matí abans d'entrar a l'acadèmia. En Guillem, en canvi, era la primera vegada que hi entrava. Havia sortit escopetejat de casa per portar la Maria a l'escola i, després de deixar la nena, necessitava un cafè. Li hauria agradat poder-lo batejar amb anís o conyac o qualsevol cosa que li pogués aixecar l'ànim: veure la seva filla trista i desconcertada el desmuntava.

Va demanar un cafè amb llet i un entrepà petit de formatge. En girar-se per buscar taula la va veure allà, asseguda tota sola amb l'esmorzar a taula i mirant el mòbil. La melena, recta i llisa, li queia com una cortina damunt del costat dret del rostre. Semblava que no l'havia vist.

Però l'havia vist, i tant, només d'entrar. Per això havia enfonsat el cap i havia fixat la mirada al mòbil. De sobte, la idea de creuar la mirada amb en Guillem se li feia insuportable i no aconseguia entendre per què.

En Guillem se li va plantar al davant, amb la safata a les mans, i va dir-li hola molt fluixet, com si no volgués molestar-la. Ella va alçar els ulls i va fingir sorpresa.

—Ah, hola, Guillem, vols seure?

La resposta va arribar uns segons després, com si hi hagués un retard en el so.

—Doncs... com tu vulguis. Et ve de gust...? O t'estimes més estar sola?

Un altre microsilenci i la Marta:

—La veritat és que ja me n'anava. Mira, et deixo la taula lliure, queda't aquí.

Ella es va aixecar, ell es va asseure i va deixar la safata a la taula, la Marta va deixar la seva al carretó. Es movien en silenci, perfectament sincronitzats, com si haguessin estat assajant una coreografia. Finalment, mentre ella es posava la jaqueta, en Guillem va preguntar:

—Com estàs?

I la Marta, assajant un somriure per primera vegada, va respondre:

—Si hi ha algú que pot imaginar-s'ho ets tu.

Podria ser un bon mutis final per a un drama, però aquesta frase era, justament, l'única que no era teatre.

Havien de passar prop de vuit mesos perquè es tornessin a dirigir la paraula. Per a en Guillem, van ser el camí més costerut i accidentat que hagués transitat mai. Per a la Marta, negra nit al ras.

L'un grimpava, arrapant-se a les branques baixes, exposant la pell a les esgarrinxades dels esbarzers o relliscant de cul pel pedregar, mentre que l'altra avançava a poc a poc, les mans davant del cos per mirar d'evitar les topades. El trajecte d'en Guillem requeria molta energia i passava les setmanes pendent de la feina i de la filla, esforçant-se per repartir-se entre aquestes dues columnes que, ara per ara, sustentaven la seva vida. Mentrestant, la Marta s'afeblia. Cada cop més prima, més apàtica, més deprimida. Li semblava que mai més no podria tornar a l'estimat Empordà perquè, només d'imaginar-ho, el dolor la deixava sense alè. I el pis de l'Eixample on encara vivia només era el decorat d'aquella nit terrorífica; el pati que havia acollit la felicitat s'havia anat omplint de brutícia i fulles seques. Les plantes s'havien pansit i la taula s'havia anat omplint de la pols sutjosa que acaba cobrint les coses i els arbres de la ciutat.

Era un tel que s'anava dipositant damunt de tot, fet d'una pluja petita però persistent de retrets sense pronunciar, de rancúnies sense reconèixer, de gelosia, de victimisme. La feia sentir permanentment bruta.

L'espiral obsessiva la mantenia hores i hores desvetllada

quan els nens ja dormien. Mirava enrere, les últimes setmanes abans d'aquell divendres, i sempre acabava ensopegant amb una situació, un gest, una frase, que podia suscitar el remolí de pensaments negatius. Agafava aquella peça com faria un científic i es lliurava en cos i ànima a disseccionar-la. Les imatges se li projectaven a dins del cervell, les rebobinava i hi tornava, rabejant-se en el dolor.

Posem per cas el dia que van anar al teatre, a l'estrena de *La gavina*. En sortir, van esperar la Rita al bar del costat fent unes braves. Els homes estaven asseguts de cara a la porta, ella d'esquena. Parlaven de la gent que tossia tota l'estona, de com devia desconcentrar això els qui estaven a dalt de l'escenari. I tot d'una, va saber que havia entrat la Rita. I ho va saber per en Jim, no pas per en Guillem. És veritat que en Guillem va somriure, però mentrestant va enforquillar una patata, se la va endur a la boca i la va mastegar fent lloc per no cremar-se les parets de les galtes. En canvi, en Jim va aturar-ho tot: va deixar el got de cervesa damunt la taula i va concentrar-se en l'entrada de la Rita. Va aclucar una mica els ulls com si s'hagués enlluernat. La Marta es va girar i va veure entrar la meva amiga. Semblava molt feliç.

La Rita va asseure's al seu costat, al davant del seu home.

—Vinc afamada!

Van demanar una altra ració de braves i una canya ben freda. La van felicitar per l'èxit de l'estrena, per la seva interpretació —«És impossible no mirar-te a tu quan ets a escena», va dir en Jim—, per l'elegància amb què passejava vestida de Nina damunt l'escenari. La Rita s'havia recollit els rínxols foscos en una cua de cavall, que queia de costat com una crinera. Menjava i bevia com si l'hi haguessin de prendre. Agraïa els compliments amb somriures i rialles.

Era impossible deixar de mirar-la: l'espectacle continuava a fora del teatre.

Després de sopar, a casa, mentre es ficaven al llit, en Jim li va dir:

—És impressionant, oi? Acabàvem de veure-la dalt de l'escenari, amb el vestit llarg i blanc i pronunciant els noms russos amb aquella naturalitat... tot tan elegant, tan teatral, tan rus... i de sobte la tenim asseguda amb nosaltres en un bar de mala mort, amb uns texans descolorits i una samarreta, menjant braves i bevent cervesa. No et sembla extraordinari?

I com això, tot. Repassava de forma malaltissa les últimes setmanes per trobar-hi els senyals que haurien d'haver-la posat en guàrdia.

Però l'única i cruel realitat era que no s'havia adonat de res. De fet, recordava que la Rita li havia comentat que trobava que en Jim estava estrany i que ella havia despatxat el tema sense donar-hi cap importància. Probablement li havia suggerit que hi parlés. Li semblava tan patètic que, si hi pensava gaire, li agafava migranya.

Després va haver-hi aquell dia que en Jim li va dir com de passada que havia anat a córrer amb ella. Ho feien sovint, de quedar per anar a córrer junts: en Jim i la Rita, en Jim i en Guillem o tots tres. L'única que no hi anava mai era la Marta. No li agradava gens córrer i ella ja tenia el ballet.

Va repassar a fons aquella tarda —estava gairebé segura que era un divendres, creia que de final d'abril— i cada vegada que hi tornava hi descobria un detall nou, insignificant a primera vista, que la seva imaginació podia engrandir i llimar, fins a fer-ne un argument punxegut que acabava ferint-la.

Per exemple, que en Jim, en arribar a casa, no va entrar a la cuina on ella estava pelant pèsols amb l'ajuda dels nens, només es va aturar al passadís i des del pas de la porta va dir que es ficava a la dutxa. Sempre es dutxava només d'arribar a casa, però, si analitzava bé la seqüència, hi veia una pressa exagerada. O potser no.

Van acabar amb els pèsols, els van posar a bullir amb patata i els nens van afanyar-se a tornar al sofà, l'una amb la *tablet* i l'altre amb un conte. Ella es va quedar a la cuina, feinejant. Recordava que anava fent sense presses, buidant el rentaplats però aturant-se cada dos per tres perquè a la tele estaven parlant d'una companyia de dansa.

Quan va voler preparar la banyera per als nens, la porta del bany estava tancada. Li va estranyar que en Jim encara hi fos i li va estranyar encara més que hagués tancat amb baldó. Va enganxar l'orella a la porta i, per sobre de la fressa de l'aigua, el va sentir cantant «These boots are made for walking», la cançó preferida de la seva mare.

Tenien alguna importància aquests detalls? Segurament no, però potser sí. En Jim cantava impulsat per l'eufòria de l'enamorament? Aquell dia, corrent per la platja del Bogatell, s'havia adonat que l'enlluernament del dia de l'estrena de *La gavina* anava més enllà de l'admiració? Va saber que s'havia enamorat?

S'ho imaginava com una febre sobtada, un vendaval que arrossegava en Jim en contra de la seva voluntat, un deliri.

Però després entrava en raó i s'adonava que aquesta mena d'amors només passaven a les pel·lícules, i que a la vida real l'amor es construeix i creix amb gestos i mirades, un dia i un altre. Així que no era tan fàcil ni lògic absoldre en Jim —ni la Rita— com si tots dos s'haguessin vist desposseïts de voluntat, abduïts. No. Ells —el seu home i la seva amiga— havien permès que allò succeís. L'un i l'altra hi havien col·laborat, no s'havien aturat quan encara podien fer-ho. Ell no havia esquivat la mirada d'ella, que s'allargava més de l'habitual. Ella havia respost un missatge massa equívoc amb una emoticona somrient. Tots dos havien concertat una cita, havien mentit a casa, s'havien amagat en algun racó de la ciutat sabent que, en aquell mateix moment, ella, la Marta, dirigia una classe de ballet —plié, démi-plié— o comprava maduixes a plaça o gravava una nota de veu al mòbil del seu home demanant-li que comprés detergent per al rentaplats i l'acabava, potser, amb una insinuació sexual.

Hi havia desenes de situacions, converses i gestos per estudiar, per escodrinyar amb mirada d'entomòleg. Com més hi pensava més s'adonava fins a quin punt la seva vida s'havia anat trenant amb la parella d'amics. Feien plans comptant amb ells, parlaven d'un futur del qual la Rita i en Guillem formaven part. La intimitat havia anat creixent fins a barrejar-se amb la pròpia de parella. En cert sentit, en lloc de ser dos, havien passat a ser quatre. Es necessitaven, de la mateixa manera que l'hivern i l'estiu necessiten la tardor i la primavera.

Pensava, vist en perspectiva, que potser en Jim i ella —tots dos fills únics— s'havien abocat massa en aquesta amistat a quatre. Que potser, si no s'hi haguessin lliurat tan intensament, les coses haurien anat d'una altra manera.

Al dolor per l'abandó i per la pèrdua dels amics, se n'hi va afegir un altre el primer dia que va quedar-se a casa sola, sense els nens. Era dissabte al matí i el cap de setmana se li va presentar com una planúria desèrtica que seria molt dura de travessar. Ho va ser. Va ser difícil el cap de setmana i insuportable la setmana que va començar després: la tornada a casa els vespres, els matins silenciosos, cuinar per a ella sola i aquell ordre que regnava a tota la casa i que l'enervava fins a fer-la esclatar en plors.

Mentre la Marta feia esforços per adaptar-se a aquella nova realitat, amb una mitjana de dues o tres recaigudes setmanals, en Guillem havia fet cau i net. O s'ho pensava.

Va trobar un pis al barri de Sants, a prop d'on vivien el seu germà i la seva cunyada. Va canviar la Maria d'escola (ara que la Rita tampoc no vivia a l'Eixample no tenia cap sentit que la nena hi continués escolaritzada, tots dos hi havien estat d'acord) i en cosa de setmanes ja s'havia fet una nova vida: havia triat la xarcuteria i la peixateria, el barber, el forn on comprava el pa i la millor cerveseria. Havia avançat sense mirar enrere, fent desaparèixer els records bons i dolents, centrat en la feina i, en el terreny sentimental, només a construir una relació perfecta entre ell i la seva filla, aïllats de tot, sense necessitar ningú. Havia esborrat la seva exdona, amb la qual mantenia una relació mínima, sempre per qüestions estrictament relacionades amb la filla. També havia eliminat —quin plaer, imaginar que passava un drap per damunt de la taula i llevava una taca, o que bufava i la pols desapareixia, o que amb un ganivet ben esmolat treia la part de greix d'un tall de carn— en Jim, el seu bon amic: sempre més s'hi havia referit així, quan en parlava o hi pensava (ah, el sarcasme, quin bell consol!).

També havia decidit expulsar de la seva vida —finalment— el seu germà Fèlix. Va ser un gran alliberament, tan gran que va acceptar com a dany col·lateral el deteriorament de la relació amb la seva mare.

Els darrers mesos, visitar la casa familiar li havia arribat a provocar un estat d'angoixa insuportable. En Fèlix havia anat accentuant la seva maldat i es comportava com un autèntic dèspota amb una dona que, amb l'edat, cada vegada s'hi mostrava més dòcil i vulnerable. En un moment donat, en Guillem va mirar de convèncer el seu germà gran per intervenir-hi de forma radical: denunciem-lo per maltractament, deia. Però sabia que en Xavi tenia raó i que la seva mare ho desmentiria tot.

En Xavi i la seva dona eren, tret dels contactes derivats de la feina, les úniques persones amb qui en Guillem mantenia relació. Sopaven junts pràcticament cada divendres i, si algun dia la cunyada s'havia aventurat a convidar algú més, en Guillem deixava ben clar que la iniciativa no havia estat ben rebuda. El germà va començar a ficar-se amb ell: «Et falta poquet per ser un autèntic misantrop». En Guillem ho admetia: «Què vols? Si la meva dona i el meu millor amic m'han traït, què puc esperar de la resta?».

Estava convençut que no enyorava la Rita, sinó la seva vida d'abans. De vegades es deixava endur per la nostàlgia i recordava els carrers de Lisboa, el sabor de la caldereta menorquina, el verd dels parcs d'Edimburg. Feia plans per tornar a viatjar, s'imaginava triant el destí, volant, instal·lat a l'habitació de l'hotel. I acabava reconeixent, vençut, que res de tot allò no el seduïa si la Rita no hi era.

Quan ja havia passat més d'un any, va començar a pensar que potser sí que trobava a faltar sortir, estar amb gent, riure. Havia d'admetre que la vida social sempre havia sigut cosa de la Rita. Ell més aviat es deixava portar. Però no, si ho pensava millor, no havia d'admetre res de res. Ell es deixava fer perquè la Rita sempre havia dut la iniciativa en aquest terreny i era una persona més oberta (ho feia l'ambient del teatre, que ell detestava, amb tota aquella gesticulació i els escarafalls cada vegada que es veien) i potser —això ho pensava ara— també era una persona amb més mancances afectives que ell.

Va ser en aquella època que la seva filla va fer-li un dia una pregunta que, més que una pregunta, va ser un posar el dit a la nafra. Era un dissabte a la tarda i sortien del cinema. En Guillem, en un to de pare enrotllat, va passar el braç damunt les espatlles de la nena:

—I ara, Maria, ja em diràs què vols fer. Estic a la teva disposició. Anem a menjar sushi? O t'estimes més anar a casa i fer una pizza?

La filla va aixecar els ulls, inclinant una mica el cap, per mirar-se'l. El braç del seu pare li pressionava el clatell i l'obligava a fer un gest una mica estrany. En Guillem ho va veure i la va deixar anar. La nena s'havia aturat i ell també va fer-ho. I allà, tots dos palplantats al mig del carrer, la Maria va preguntar (va disparar):

—Com és que ja no veiem mai els Dorca? M'agradaria veure la Joana i en Biel. Els trobo a faltar.

En Jim i la Rita havien decidit, en el moment de la separació, que la setmana que els tocava tenir els fills estarien separats. En Jim amb els seus i la Rita amb la Maria i, que, més endavant, quan la canalla hagués superat l'impacte de la separació dels pares, ja farien el següent pas. Volien explicar-ho tot als nens amb calma, però en Guillem, a propòsit de la pregunta de la Maria, els passaria al davant. I què, va pensar. I què!

Finalment van anar a un japonès. La nena es tornava boja pel sushi i en Guillem va començar a parlar mentre la tenia pendent del sashimi, dels bastons i de la salsa de soja.

Va demanar-li si recordava per què la mare i ell s'havien separat.

—Vau dir que ja no estàveu enamorats.

Qui era ell per dir-li a la nena que la seva mare s'havia enamorat d'en Jim? Però, d'altra banda, per què havia d'amagar la veritat? La Maria, amb els seus set anys acabats de fer, podia pair aquella informació? Podia comprendre el sentit de la traïció? Sabia què era la infidelitat? Estava disposat a assumir que allò que anava a dir podia afectar per sempre la relació de la nena amb la seva mare?

La Maria feia servir els bastons amb habilitat i va sucar un nigiri de salmó a la salsa fosca. A en Guillem se li va escapar el riure quan la nena va girar els ulls en blanc en posar-se'l a la boca.

Va quedar-se en silenci pensant que tenia una nena afectuosa, divertida, molt llesta. La mirava i es preguntava com ho havia fet per tenir tanta sort. D'on havia sortit aquella criatura, que millorava en tot els seus pares?

Volia dir-li la veritat, però de manera que a la Maria li quedés clar que la seva mare no havia fet res de dolent. Mentre rumiava tot això, pensava en la seva exdona com en una mena de desdoblament. La Rita amb qui havia format una família, que aconseguia convertir una tarda de diumenge en una festa (va, Maria, posa't aquest vestit meu, i les sabates de taló, tu seràs la Marquesa de la Carafina i al parc li posarem aquest jersei ratat i els guants de l'avi, i serà un pobre que li demana caritat, jo seré la filla de la Marquesa i me n'enamoraré). Però també hi havia una altra Rita, la dona que li deia mentides i que preferia el sexe clandestí que les funcions de teatre improvisat amb la nena i el marit.

Com podia parlar d'ella si les dues Rites es barallaven a dins seu per imposar-se? Però els ulls de la Maria, cada vegada més esbatanats, li exigien una explicació:

—La mare i jo ens vam estimar molt, per això ens vam casar i vam decidir tenir-te. Però amb els anys, vam veure que ja no estàvem tan enamorats i que era millor que cadascú fes la seva vida. Sempre ens estimarem, esclar, perquè sempre serem els teus pares i això no canviarà mai...

La Maria va acabar d'empassar i va beure amb parsimònia un glop llarg d'aigua. I llavors, amb la mateixa parsimònia, va dir:

—Pare, tot això ja ho sé, m'ho has dit una pila de vegades...

Aquest *anem al gra* el va fer somriure, però va prémer l'accelerador.

—Entesos. Doncs resulta que la mare es va enamorar d'un altre home i dona la casualitat que aquest home era en Jim.

Mentre l'expressió «dona la casualitat» li regirava l'estómac, va veure com la Maria obria uns ulls com unes taronges i, després d'uns instants que se li van fer eterns, acabava oferint-li un somriure:

—Ah, sí? Ostres! M'agrada.

—T'agrada...?

—Sí! M'agrada en Jim! I m'agrada que la mare l'hagi triat, trobo que... un moment.

Era com trepitjar un camp de mines.

—Digues.

—I la Marta?

Ho va veure clar: s'estava ficant en un cul-de-sac. Però tot i així, va dir:

—La Marta i en Jim també s'han separat.

La pregunta que podia haver arribat i temia era: abans o després que la mare i en Jim s'enamoressin? Però, al cap i a la fi, la Maria —per llesta que fos— només tenia set anys.

—Ah!! —va respirar alleugerida—, doncs llavors sí. Però per què no puc veure la Joana i en Biel? M'agradaria veure'ls!

L'última frase tenia un to imperatiu. I en Guillem va veure el cel obert, tot d'una.

—D'acord, cap problema. La setmana que et toca estar amb la mare l'hi demanes, segur que sabrà organitzar-ho.

Va fer-se enrere i va recolzar l'esquena, satisfet. Va demanar una segona copa de vi. Se li escapava el riure per sota el nas. Quina venjança tan dolça! Apa, Rita, a veure com t'ho fas!

La Maria —pel que sabia, la Joana i en Biel també— va encaixar amb molta naturalitat la nova situació. La setmana que li tocava estar amb la seva mare, també hi havia en Jim i els seus fills:

—M'encanta: és com tenir germans. I la setmana que estic sola amb tu també m'agrada. Estem tan bé tu i jo sols!

Era una nena feliç i això era l'únic que comptava.

Nit de juliol, 2.35 h

—Sembla que tothom se n'alegra, de tornar a veure'ns junts...

La Marta es va afanyar a contestar el comentari d'en Guillem, que podria ser sarcàstic pel to de veu que havia fet servir però no pel somriure afable del seu rostre.

—Normal. El que va passar va ser un daltabaix per a tothom, no només per a nosaltres dos.

—Quatre.

La veu d'en Jim, una mica rogallosa, es va sentir com si pronunciés aquesta sola paraula tancat a dins d'una campana de vidre.

—Com dius?

—Que has dit que va ser un daltabaix per a vosaltres dos, i jo trobo que va ser un daltabaix per a tots quatre.

Va aturar-se una pausa per fer un glop de gintònic. I va afegir:

—No, Rita?

La Rita va encongir les espatlles i va fer una ganyota còmica que volia donar a entendre: «Digui el que digui embolicaré més la troca».

La Marta i en Guillem l'observaven, estaven esperant la seva resposta.

—Sí, esclar, va ser un sotrac. Però m'imagino que uns, és

a dir, vosaltres, ho vau passar pitjor que els altres, és a dir, nosaltres.

Mentre parlava feia gestos assenyalant primer la Marta i en Guillem, després en Jim i ella. La Marta va pensar que resultava graciosa encara sense proposar-s'ho. En Jim va pensar: «Parla per tu, jo sí que ho vaig passar fatal». En Guillem va pensar que no tenia cap ganes, però gens ni mica, de parlar del daltabaix.

L'amor no pot ser dolent

El primer amor és, o sol ser, com una onada que no has vist venir. T'encalça per sorpresa, t'omple de frescor i d'energia i en ocasions pot arrossegar-te, rebolcar-te i finalment deixar-te caure, amb els ulls i els cabells plens de sorra.

Quan en Jim i la Rita es van enamorar, la sensació va ser molt estranya, com estar-se quiet a la vora del mar ja en l'edat adulta i, tot d'una, sentir la necessitat de jugar amb les onades com una criatura. Eren pares de família, tenien compromisos i responsabilitats, però tots dos es van llançar a l'aigua i en van sortir amb els banyadors fora de lloc i la pell esgarrinxada. Però, ah!, quina felicitat tan pura tornar a sentir aquella alegria de quan érem petits i sortíem del mar i se'ns escapava el riure de veure com les onades havien jugat amb nosaltres i ens havien fet anar cap aquí i cap allà i de cap per avall i nosaltres ens havíem deixat fer com si fóssim pilotes de plàstic de colors.

Els primers mesos de vida d'aquell amor nou de trinca van ser com un matí de platja. Les esgarrapades a la pell encara coïen i no hi havia dia que un o altre no parlés de la Marta i d'en Guillem, del mal que els havien fet, de com podien jeure i prendre el sol sabent que ho feien damunt del dolor dels altres. Però ho feien: jeien l'un al costat de l'altre, miraven el cos que tenien al costat i el tocaven sense cansar-se'n. La Rita feia riure en Jim amb les seves pallassades i en Jim feia entendrir la Rita amb el seu afecte senzill i net. En aquells dies feliços, però, en Jim va haver d'empassar-se un glop agre: admetre que era capaç de fer passar la seva felicitat pel davant de la de persones que estimava.

L'amor no pot ser dolent —li deia la Rita. I ell assentia, perquè necessitava creure-se-la desesperadament.

Tot i que els dies que estaven sols eren una pura meravella, en Jim preferia els dies que tenien els nens: tot es desdibuixava i la meravella esdevenia una deliciosa quotidianitat que ell havia trobat a faltar des del primer moment. La Joana, en Biel i la Maria, que havien passat uns mesos sense veure's, van tornar a la vella intimitat sense problemes i ell va recuperar la seva amiga Rita, sempre de bon humor i plena d'afecte, la Rita que el seu apassionant enamorament havia deixat en segon terme.

De vegades les persones es desdoblen o es multipliquen. Perquè hi ha molts habitants a dins de cadascú i, quan estimem algú, hem de saber que estem disposats a acceptar tots els seus jos. En Jim, que ja coneixia la Rita amiga, estava descobrint la Rita amant, la Rita actriu, la Rita filla i germana, la Rita mare, la Rita enfadada o eufòrica o deprimida o sorruda o divertida. El descobriment era una experiència excitant la majoria del temps, decebedora en ocasions.

La seva nova vida era estimulant; se sentia viu i content la majoria dels dies, però també començava a detectar els llampecs que estripaven el cel de tant en tant, pronosticant la tempesta. Aquelles coses que ara només eren empipadores però que, amb uns quants anys de convivència, esdevindrien sense cap dubte insuportables.

El pitjor dia era el de l'intercanvi. Diumenge al vespre. Els nens, cansats. El trajecte en metro fins a l'Eixample, llarg i pesat. I just abans de picar l'intèrfon, aquella angoixa que se li instal·lava al pit, a l'altura de l'estèrnum. La veu de la Marta i el seu lacònic: Hola? Els nens que la saludaven i ella que obria la porta. Mai ni una paraula per a ell. Mai una oportunitat per a res. La veu de la Marta. La veu de la Marta.

I quan tornava a casa, la Rita li explicava de mal humor el seu propi intercanvi i el contacte hostil amb en Guillem, que completava el retrat absurd d'aquelles tres realitats.

Fart d'aquella rutina de dutxa escocesa, va proposar-li a la Rita de fer una maniobra d'aproximació a la Marta i en Guillem.

—Que t'has tornat boig?

Ell va insistir-hi un parell de vegades.

—M'hi veig amb cor. Assumeixo el risc de rebre un moc...

—Has perdut el seny. No hi ha cap possibilitat que surti bé. Cap ni una! Són ganes de buscar problemes.

—Els trobo a faltar.

—Ah, sí? Jo no gaire. Estic bé així.

No era veritat. La Rita també trobava a faltar molt, moltíssim, la Marta. I li hauria agradat el so harmònic del quartet que tenien abans. Però aquell reconeixement explícit d'en Jim l'havia enervat: Què passa? Que no en té prou, amb mi? Eren dubtes que mai no havia tingut durant el seu matrimoni i no sabia si el que havia canviat era que en Jim no era igual que en Guillem o que alguna cosa a dins d'ella mateixa era diferent.

Però mentre la Rita s'omplia el cap amb aquestes cabòries, va passar una cosa que va esborrar qualsevol dubte i qualsevol dèria: es va quedar embarassada.

Tot plegat no va ser gaire original: quantes parelles abans d'ells havien pensat o dit, mentre feien l'amor, en l'instant precís de l'èxtasi amorós, que volien tenir un fill? Quants homes i dones abans d'ells havien sentit que engendrar una vida era la culminació que exigia aquell amor exaltat?

Així va passar: la Rita cavalcava el cos d'en Jim i mormolava paraules tendres, com vull tenir-te sempre a dins, que ell responia amb una broma: dona, potser ens cridarien l'atenció si anéssim a tot arreu enganxats, i justament aleshores, en lloc de riure com altres vegades, la Rita, més seriosa que mai, amb els ulls brillants a punt de les llàgrimes, va dir: vull quedar-me embarassada, vull que tinguem un fill, i ell va dir que sí i va agafar-li el clatell amb les dues mans per acostar-la i fer-li un petó llarguíssim.

Després d'aquell dia, només li va venir la regla una vegada. El mes següent va tenir un retard i es va fer la prova d'embaràs. Quan van veure les dues ratlletes roses, tant l'un com l'altra van tenir el pensament de com s'ho agafarien en Guillem i la Marta, però tots dos van callar i en Jim va dir: com s'ho agafaran els nens?

La notícia va ser rebuda amb una indiferència gèlida per part d'en Guillem. Va deixar anar un lacònic «entesos» quan la Rita li va enviar un correu electrònic força llarg i més aviat afectuós. Ja feia temps que havia desistit de mantenir-hi converses en viu o per telèfon. En Guillem estalviava les paraules fins a un punt que li feia perdre els estreps. Com que l'ocasió s'ho mereixia, la Rita va triar l'opció del correu electrònic i es va esplaiar donant més informació de la que en Guillem necessitava sobre les setmanes d'embaràs i el seu estat de salut i la potència del so del batec del fetus a l'ecografia. «Entesos», va respondre ell.

En Jim sí que va poder dir-ho a la Marta mirant-la als ulls. Ho va aconseguir dient que havia de comentar-li una cosa «molt important per als nens».

—Quina barra —va dir la Rita, quan ho va saber—. I no s'ha cabrejat com una mona quan li has dit de què es tractava?

—No. Enfadar-se no s'ha enfadat, perquè de fet és veritat que és important parlar de com anunciem als nens que tindran un germà o una germana.

La Rita va girar els ulls en blanc. La Marta, sempre tan comprensiva i assenyada. La Marta i en Jim, la parella perfecta que són capaços d'entendre's si és pel bé dels fills en comú.

—Què remugues?

—Res, res. Així que s'ho ha agafat bé, no?

—Dona, jo no diria tant. Em sembla que s'ha quedat fotuda. Feia cara de pena.

Era en converses com aquella que en Jim pensava que l'amor que la Rita i ell compartien, que havia nascut amb la força d'un tornado i es mantenia robust a mesura que passaven els mesos, sempre seria un amor llastat pel penediment, un amor vibrant però afligit alhora, perquè a ell l'afectava la cara de pena de la Marta, i a la Rita, per més que remugués, també.

La filla d'en Jim i la Rita va néixer una tarda freda de desembre i, després de no poques discussions, van decidir posar-li el nom d'Abril. Per portar la contrària a l'onada de fred polar, va dir la Rita, amb una llum nova als ulls foscos.

La Maria, la Joana i en Biel van rebre la nena amb una alegria ben visible, emocionats de tenir una germana en comú. La Marta es va limitar a enviar un missatge breu de felicitació. En Guillem, ni això.

La menuda va ser des del primer moment un gran al·licient per als seus germans, que frisaven per veure-la els caps de setmana alterns que tocava. La Marta se'n queixava amargament quan parlava amb la seva mare: «Amb la germaneta nova no hi puc competir, és un rival massa fort».

L'Abril era una nena preciosa, morena de pell i de cabells com la seva mare però amb els ulls blavíssims del seu pare. Quan va començar a parlar feia molt de riure perquè era molt expressiva i papissota: deia «prézec» i «zíndria». També tenia un vocabulari propi, original i molt creatiu. Una de les seves respostes més habituals, per exemple, era «no m'impleza», que segons el cas volia dir no m'importa, no m'afecta o no m'interessa.

La Joana, en Biel i la Maria es barallaven per donar-li el dinar o per explicar-li contes. En Guillem també es lamentava amb el seu germà: «Em fa la sensació que ara la Maria també considera en Biel i la Joana germans seus. És com si ells fossin una gran família i jo li fes una mica de nosa».

Va ser per aquella època, quan cap dels dos no passava per un bon moment, que en Guillem i la Marta es van trobar casualment en una llibreria del centre de Barcelona, un dissabte a la tarda. Havien passat prop de quatre anys sense saber res l'un de l'altra.

En Guillem la va veure de seguida, una Marta primíssima que, inclinada damunt de les piles de llibres, semblava una adolescent, l'esquena vinclada amb aquell aire de ballarina i els cabells tallats arran de mandíbula, que deixaven el clatell a la vista. S'hi va acostar amb un somriure i li va tocar suaument el colze per no espantar-la:

—Marta!

Ella va apartar la mirada de la novel·la que tenia a les mans i va fer un petit pas enrere, involuntari i gairebé imperceptible. La Marta va somriure i ell s'hi va acostar per fer-li dos petons. Tota l'escena va ser absolutament antinatural. Tots dos estaven garratibats, sense saber com comportar-se.

S'alegraven sincerament de veure's, eren conscients que tenien, amb tota probabilitat, moltes coses per dir-se i per compartir. I, en canvi, els feia una ànsia terrible. No sabien com havien de relacionar-se. Eren com dos pàrvuls que comencen a escriure.

Van preguntar pels nens i per les famílies, van interessar-se per les feines respectives i van pensar que no tenien res més a dir-se.

—Vols continuar mirant o...

—No, no, ja tinc el que buscava. Anem cap a la caixa?

—Sí, jo també m'he firat, ja tinc lectura per dies!

En Guillem va endur-se una traducció de Zweig i un assaig sobre els moviments d'extrema dreta a Europa. La Marta només duia un llibre, l'abraçava damunt del pit. El va deixar damunt del taulell i en Guillem va girar-lo per veure'n el títol:

—Carai! Ramon Llull!

—Sí... Ara m'ha agafat per la poesia. Em sembla que no en llegia des del batxillerat, però he descobert que em relaxa. Llegeixo uns quants poemes o només uns versos abans de dormir... Ramon Llull no me l'havia tornat a mirar, ja et dic, des del batxillerat.

Mentrestant havien sortit al carrer. Estaven aturats l'un davant de l'altra i la Marta va encetar el gest de comiat, però just al mateix moment en Guillem va fer un somriure sorneguer:

—*Amic e amat*... que t'has posat mística?

La Marta va riure mentre feia que no amb el cap. Va agafar el llibre i va començar a passar pàgines buscant algun punt concret. Ell la va agafar pel colze:

—Vine, no cal que siguem aquí a peu dret... Entrem aquí mateix i fem un cafè.

Van seure darrere els vidres i la Marta va seguir fullejant el llibre fins que ho va trobar:

—No estic mística, al cap i a la fi els versos de Llull parlen d'amor, escolta: «L'amor és mar tribulada d'ondes e de vents...».

Aquell dissabte van acabar sopant en una vinateria del Born. Era un local petit i estava atapeït de gent. Van parlar sobretot de llibres. Acabaven de descobrir que, els anys posteriors a la separació, tant l'una com l'altre s'havien refugiat en la lectura.

—El primer cap de setmana que vaig passar sense els nens em vaig llegir d'una tirada *La dona trencada*, de la Simone de Beauvoir. Havia anat a sopar a casa dels meus pares per no passar sola la primera nit i, abans de marxar, vaig donar una ullada a la llibreria del menjador, a veure si hi trobava alguna cosa interessant...

En Guillem va fer un glop llarg mentre la Marta es posava a riure:

—La dona trencada! Tu diràs si em va cridar l'atenció!

—I està bé, la novel·la? No l'he llegida.

—Sí, em va agradar moltíssim. Vaig fer-hi una bona plorada...

Només al final de la nit, quan estaven buscant un taxi per a la Marta, ella va gosar preguntar-li com portava això que en Jim i la Rita haguessin tingut una nena.

—Que com ho porto? Doncs fatal, sincerament. La nena,

pobreta, no en té cap culpa, però tot el dia sento que l'Abril diu això, que l'Abril ha après a fer allò... Em cansa.

Van decidir caminar. Pel camí fins a casa la Marta van confessar-se com era d'incòmode que la felicitat dels altres els molestés i com detestaven sentir-se víctimes.

No van parlar de veure's un altre dia. Tots dos, aquella nit, van tenir somnis inquietants i l'endemà es van despertar amb el cos cansat, com si la incursió en el passat els hagués desgastat físicament. De fet, quan dies després en Guillem va trucar per proposar-li d'anar al teatre, la primera reacció de la Marta va ser de rebuig. En Guillem la connectava amb un dolor que, només amb teràpia i temps, estava minvant força. Va acabar acceptant perquè també hi havia, en el fet de relacionar-se amb en Guillem, un punt de rebel·lia i una manera de desempallegar-se finalment de l'antiga Marta.

Van començar a veure's espaiadament però amb una certa regularitat. Procuraven no parlar «dels altres» ni de «l'altra vida». Volien mirar endavant.

A casa, en la soledat granítica dels diumenges a la tarda, quan trobava a faltar la incomoditat del seu cap recolzat als genolls ossuts d'en Jim, mentre enyorava les abraçades intempestives quan es trobaven al mig del passadís, la Marta havia encetat una llista —en una llibreta d'espiral de tapes verdes — de les coses d'en Jim que no li agradaven. Que l'interrompés quan ella li explicava alguna cosa per fer una observació absolutament prescindible, com ara «Jo crec que aquesta tarda plourà», o per preguntar l'hora; que, quan passejaven tots dos junts, anés alentint el pas, fins a obligar-la a adoptar també ella aquell caminar balancejat que li carregava les lumbars; que mai no veiés la necessitat de renovar les coses de casa que s'anaven deteriorant —les cortines de l'habitació, que havien sigut grogues i ara s'havien descolorit tant que semblava que sempre havien sigut blanques, la cadena del vàter que s'encallava sovint—; que fes l'amor en un silenci militant; que mai no proposés plans originals per als diumenges a la tarda i sempre acabessin tots dos al sofà, el cap d'ella damunt dels seus genolls punxeguts.

Però ni la Marta havia parlat de la llibreta d'espiral amb tapes verdes ni en Guillem hauria admès davant d'ella que de vegades enyorava la Rita tan intensament que sentia un dolor físic, una mena d'espasme que podia aparèixer a qualsevol part del cos i marxar tot d'una.

Durant uns mesos —cinc trobades, potser sis— no van parlar del passat i gairebé van aconseguir creure's que s'havien conegut de cap i de nou.

Una nit, sortint del teatre, ell va acompanyar-la a casa, com de costum. L'aire era gelat i caminaven amb les mans a les butxaques i el coll enfonsat a les bufandes. Quan s'acomiadaven davant del portal, la Marta va tenir compassió d'ell, que la mirava amb la cara contreta i el nas vermell, i el va convidar a pujar.

—Va, que et beuràs un whisky i et refaràs, que has agafat fred.

Ell va acceptar sense pensar-s'ho, va entrar al pis darrere d'ella i un cop al menjador es va treure la bufanda i l'abric i va acostar-se als vidres mentre la Marta servia les copes.

Se'l va quedar mirant uns segons, amb el got de whisky a la mà. El veia retallat a contrallum perquè s'havia situat just davant del punt de claror que hi havia al pati. Asseguda al sofà va esperar prudentment que ell es girés. En l'esquena encongida hi intuïa un dolor que es va confirmar quan va sentir-li dir, amb veu ofegada:

—Merda, el pati.

La Marta li va oferir una mirada de consol i un silenci acollidor perquè ell hi aboqués tota la tristesa. En Guillem s'havia de beure d'un glop tota la pena que ella havia anat empassant-se de mica en mica, cada vegada que havia mirat el pati de casa i hi havia vist les escenes viscudes, la felicitat que li havia estat arrabassada.

I va ser aquella nit, finalment, quan la Marta i en Guillem van poder parlar del que els havia passat, sense estalviar-se de dir cap paraula, fins i tot les més lletges.

Van poder sentir de veu de l'altre els seus propis sentiments, com ara que quan la parella t'enganya coneixes una part d'ell que ni tan sols sabies que existia, però que també a dins teu hi descobreixes coses que ignoraves; o que tot d'una, la persona que estimes ha canviat i tu també ets un altre i et sents absolutament perdut; o que estrany que arriba a ser quan tot el que t'envolta és com abans: la casa, les manies, els horaris, l'entorn... però tu et sents desubicada.

En acomiadar-se, ja de matinada, tots dos van admetre que s'havien conegut millor en aquelles poques hores que durant tots els anys que van ser amics.

—Ep! Que encara en som, d'amics, no? —va preguntar en Guillem, recolzat al pas de la porta.

—Doncs potser no, potser ara haurem de ser una altra cosa —va dir la Marta.

Feia tan poc per ella haver dit això, que se li va escapar el riure, i ell s'hi va afegir amb una rialla fonda, que li havia nascut a dins del pit i era una pura exhibició d'alegria.

Mentrestant, a casa de la Rita i en Jim s'havia començat a estroncar la pau del paradís. La pertorbació va començar de la manera més inofensiva: l'Abril, que feia tres mesos que havia superat feliçment l'etapa dels bolquers, va començar a fer-se pipí al llit de tant en tant. Els seus pares van començar a restringir-li l'aigua a última hora però la nena en reclamava, cada cop més, fins al punt que acabava sanglotant. «Tinc seeeet, tinc seeeet...», l'Abril plorava i els seus pares perdien la paciència.

Per l'expressió de la pediatra mentre li explicaven tot això, tots dos van veure clar que estaven davant d'un problema més gros del que pensaven. Una analítica de sang va determinar que l'Abril era diabètica i, tot d'una, la quotidianitat de la Rita i en Jim es va omplir de sales d'espera, injeccions d'insulina i menús amb control d'hidrats.

Els horaris infernals de la Rita i la custòdia compartida no facilitaven les coses. Tampoc no es pot dir que en Jim fos l'home més indicat per compartir i fer més passadora tota aquesta complexitat. El temps s'empassava les setmanes com una liquadora. Al matí, la Rita es prenia el cafè i es quedava encantada mirant el calendari, on només hi havia anotades visites al metge, analítiques, noms de medicaments que calia comprar.

—Te'n recordaràs de passar per la farmàcia, aquest matí?

—Bon dia...

—Bon dia. Hi pensaràs?

—Puc despertar-me abans que comencis a encarregar-me coses?

—Sense plural: una cosa.

—Doncs sí, crec que trobaré el moment d'anar-hi, sí.

—N'estàs segur? Amb aquest horari tan atapeït que tens...!

—Torrades amb sarcasme, no, gràcies, m'estimo més melmelada de maduixa.

—Marxem. Deixo la nena a l'escola i em tanco a gravar, eh? No et podré agafar el telèfon.

—...

—Què dius? No se t'entén.

—Res... que fins al vespre.

Un cop es van anar acostumant als canvis que el diagnòstic havia provocat en la seva vida quotidiana, va venir una segona fase. La psicòloga que visitava en Jim des que es va separar ho havia advertit: arribarà el moment que sereu conscients que la vostra filla té una malaltia que no es curarà, que l'acompanyarà —us acompanyarà— tota la vida. El procés d'adaptació va ser dolorós i cadascú el va portar a la seva manera: la Rita tenia atacs sobtats de ràbia i es preguntava sovint (massa sovint, segons en Jim) per què els havia tocat a ells, per què a la seva filla. Podran les seves espatlles, tan menudes i fràgils, suportar un pes tan feixuc? En Jim, en canvi, s'havia adaptat a la nova situació sense escarafalls. No s'angoixava amb facilitat, però sentia com augmentava la pressió a sobre seu, i l'únic remei que tenia a l'abast era mirar de no pensar-hi gaire.

Era un objectiu impossible perquè la Rita propiciava sovint llargues converses sobre com havien de fer-ho per no sobreprotegir l'Abril, per no traslladar-li la seva ansietat, per evitar que la quantitat de punxades acabessin traumatitzant-la, per fer-li entendre que no podria menjar algunes de les coses que li vindrien de gust i que tots el seus amics menjarien.

Sempre acabaven conjurant-se per aconseguir que la seva filla se sentís acompanyada però sense que ni la malaltia ni ells mateixos li suposessin cap fre per fer una vida més o menys normal. Després, cadascú mentalment feia càlculs sobre la quantitat de discussions que haurien de mantenir quan la nena anés fent-se gran. Tots dos sabien que tindrien actituds molts diferents quan l'Abril fos adolescent i tot s'anés complicant.

Quan es va complir un any del diagnòstic, el pediatra els va assegurar que la malaltia estava controlada i que la nena havia fet una bona evolució. La psicòloga d'en Jim, en canvi, es va mostrar amoïnada i li va suggerir que era un bon moment per fer una aturada relaxant.

—Lloguem una autocaravana i marxem amb els nens!

—Podem anar al cap de Gata!

—O al País Basc.

—On vulguis: els nens, això de l'autocaravana ja ho trobaran una aventura. Tria tu, va.

—Doncs anem a la zona de Getaria, a menjar peixos a la brasa. Què et sembla?

—Fet!

—...

—Què rumies?

—Que ara ve la pitjor part.

—Quina? Llogar l'autocaravana?

—No. Dir-ho *als altres*.

S'havien acostumat a no dir-ne els noms. Cada vegada que ho feien era una pessigada. Una cosa semblant passava quan els veien en una fotografia, així que al pis que compartien les parets eren blanques i nues. En Jim va girar els ulls en blanc. Certament, la conversa amb la Marta li feia una mandra infinita.

La Rita li va llegir el pensament:

—No s'hi oposaran, però...

S'estava imaginant el dolor i la ràbia que aquell viatge familiar els podia causar.

—Saps què farem? Passarem el tràngol alhora. Mentre tu truques a en Guillem, jo parlaré amb la Marta.

—Fotem-nos un got abans.

—D'acord. Negre o rosat?

—Mira, posa'm un whisky.

A casa d'en Guillem els dos telèfons van sonar a la vegada. El seu amb un so estàndard i repetitiu; el de la Marta amb «La vie en rose» en la versió de la Zaz. Es van mirar entre sorpresos i riallers abans de localitzar els mòbils. En Guillem, que havia saltat del llit, encara estava d'esquena a la Marta quan la va sentir dir: Mira! Quan es va girar, va veure la pantalla del mòbil i va poder llegir-hi el nom d'en Jim, escrit en majúscules. Ell havia vist el nom de la Rita al seu de resquitllada i també li va ensenyar, aixecant les celles amb una expressió còmica.

Van parlar tots dos alhora: Sí? Hola! (i van haver de sufocar les rialles). El primer a penjar va ser en Guillem. Va tornar a ficar-se al llit i va arrambar-se a la Marta per acariciar-li les cuixes mentre ella s'acomiadava:

—Sí, entesos, Jim, cap problema. Adeu!

Es van mirar uns segons en silenci i de seguida van esclatar a riure.

—Que diu que llogaran una autocaravana...

—I que s'enduran els nens...

—Que en Jim no voldria que m'ho agafés malament, que li sap greu...

—La Rita diu que jo també hauria de marxar a algun lloc... Es veu que pateix pel meu estat d'ànim...

Van riure més i més i després van tornar a fer l'amor.

Una nit de juliol, 3.15 h

S'havia aturat l'aire que feia ballar les bombetes una estona enrere i els punts de llum ara s'estaven quiets i il·luminaven tènuement els rostres.

En Jim es va deixar anar contra el respatller de la cadira, va obrir els braços —tenia una envergadura impressionant, com un gavià quan plana damunt de les onades— i va estirar tot el cos.

—Així, quant fa que no ens vèiem tots quatre?

La Rita va adreçar-li una llambregada breu, de reüll, que volia ser un advertiment, però no va aconseguir el seu objectiu.

—Doncs... quinze anys ben bons, no?

—Hòstia, quinze anys! Déu-n'hi-do! Necessitaríem una setmana de xerrera per posar-nos al dia.

La Rita va tornar-hi. Una altra mirada recriminatòria i la mà damunt de la cuixa d'ell per sota la taula.

—No podem pas repassar-ho tot, però a veure: en aquests anys, què diríeu que és el més important que us ha passat?

En Guillem es va acabar d'un glop la beguda que li quedava abans de dir:

—Doncs... et quedaràs de pedra: a mi, el meu millor amic em va fotre la dona!

La Rita va ser la primera que va gosar mirar als ulls en Guillem. Va veure-li el somriure murri i la mirada burlesca i va deixar anar un riure que de seguida es va encomanar als altres. Van riure sense mesurar el volum, generosament, com recordaven haver-ho fet en altre temps tantes vegades.

[Com un bloc de gel. Quinze anys després]

La Joana havia demanat als seus pares que dinessin tots tres junts.

—Sabeu que no us ho he demanat gaire sovint, però aquesta vegada m'agradaria molt parlar amb tots dos alhora.

En Jim i la Marta s'havien vist ben poques vegades els darrers anys. Mentre els fills van ser petits parlaven sovint per telèfon; després, les trucades i els missatges es van anar espaiant: l'operació dels lligaments creuats d'en Biel; la graduació del batxillerat de tots dos fills; el funeral del pare de la Marta; el lliurament del premi de poesia a la Joana.

A mesura que s'anaven fent grans, no es veien gairebé mai i els fills havien deixat d'insistir per fer celebracions conjuntes: es conformaven a tenir dues famílies separades com compartiments estancs que, cadascuna per la seva banda, funcionaven prou bé. Tots dos tenien bona relació amb la Maria, que durant la infància va ser simplement amiga i després una mena de germanastra sense consanguinitat. I tots tres mostraven una debilitat manifesta per la germana petita que tenien en comú, l'Abril.

Els germans Dorca s'havien acostumat a les peculiaritats

de cada una de les llars: a casa de la Rita i en Jim solia haver-hi un ambient d'alegria sorollosa, moltes discussions i l'aigüera plena de gots bruts; amb en Guillem i la Marta tot rutllava bé sense escarafalls, la casa estava endreçada i mai no hi havia una paraula més alta que l'altra.

Durant tots aquells anys tothom havia respectat el pacte no escrit de no parlar dels *altres*. Els adults, quan tornaven a veure els nens després dels dies de separació, mai no anaven més enllà de la pregunta: Ha anat tot bé?, i la canalla, si volien explicar alguna anècdota, ho feien sense dir els noms de pila. Havien incorporat el mecanisme de tal manera que ja ho feien inconscientment.

La proposta de la Joana va arribar quan feia més de dos anys que la Marta i en Jim no es veien. Com cada vegada que es trobaven, la Marta va pensar com era de diferent veure fer-se gran una persona que tens al costat o, en canvi, percebre l'envelliment a sotragades. Havia conegut en Jim i en Guillem de joves i ara que tenien si fa no fa la mateixa edat, trobava que en Guillem jovenejava molt més. Era fàcil deduir que es tractava d'una mirada distorsionada. Cada vegada que veia en Jim després d'un cert temps, s'adonava de com se li havia emblanquinat la barba, de la multiplicació de les arrugues al front, de l'encorbament més pronunciat de la seva esquena. En Guillem havia perdut tants cabells que havia optat per rapar-se, però tot i així semblava més jove. Es mantenia en forma i la Marta trobava que aquells jerseis llisos de coll rodó que duia des de feia trenta anys, cada vegada li quedaven millor. Rumiava tot això mentre el taxi la portava cap al restaurant on els havia citat la Joana i, en un gest d'inevitable coqueteria, va treure un mirallet de la bossa per constatar amb incomoditat les potes de gall que, il·luminades amb el sol de migdia, es feien encara més evidents.

Havien quedat en un restaurant de Montjuïc que oferia una panoràmica excel·lent del port de Barcelona. Quan la Marta hi va arribar, pare i filla ja compartien taula a la terrassa. Els va veure riure i va pensar, per enèsima vegada, com s'assemblaven.

La Joana va adonar-se des del primer moment que els seus pares venien disposats a posar-li les coses fàcils. Estaven expectants i no va fer-los esperar. Un cop a taula, va alçar la copa plena de vi per anunciar que en Martí i ella havien decidit casar-se. Va mirar el seu pare:

—...i ens agradaria molt celebrar-ho al Mas Xic.

—Això ho has de demanar a la teva àvia.

—Però vosaltres què en penseu? No em dieu res?

En Jim i la Marta, després d'un breu silenci, es van mirar als ulls uns segons i, finalment, van esclatar a riure, com si anessin sincronitzats.

—Joana!

—Collons...

Se'ls escapava una mena de riure nerviós. Nervis de pensar que tenien una filla que els havia dit que es casava. De pensar que ara sí que, definitivament, s'havien fet grans.

—Aleshores... us sembla bé?

La Joana els mirava, ara l'un ara l'altra, i tornava a tenir el posat d'aquella nena petita que demanava permís per ficar-se a l'aigua quan ja havien decidit que marxaven de la platja.

—Filla, què vols que et digui. En Martí m'encanta, i si tu ho tens clar... Només tens vint-i-tres anys, però...

—L'edat no hi fa res...

—I tant que hi fa! Jo trobo que ets molt jove, en fi, que encara has de fer moltes coses, no ho sé, viatjar, estudiar...

—Mare, això ho faré igualment. Tenim ganes de viure junts, vull deixar d'anar de casa d'un a casa l'altra...

La Joana seguia parlant, però el pensament del seu pare va volar lluny de la seva piuladissa alegre, del seu perfil encara infantil, dels reflexos que li il·luminaven els cabells; lluny del somriure engrescat de la Marta i del blau del mar que s'estenia darrere de totes dues. L'impacte de la notícia se l'havia endut memòria enllà i li exposava retalls de passat, com l'expressió dels ulls de la seva filla el dia que li va dir que els pares ja no viurien junts, una mirada més incrèdula que no pas trista. Aquell dia va veure ben clar que la nena els concebia com una unitat, que li seria molt difícil encaixar el canvi. I ara havia rebut això de «de casa d'un a casa l'altra» com una cleca.

—Joana, em sap greu que...

La seva filla no el va deixar acabar:

—No era cap retret, pare, de veritat que no.

En Jim va callar, mentre tornava a sentir l'aflicció dels primers anys. Li continuava semblant que el preu d'haver volgut ser lliure era massa elevat.

Quan va tornar a connectar-se, mare i filla ja feien plans:

—I teniu data pensada?

—Final de juny, començament de juliol... El dia que li vagi bé a l'àvia.

—A l'era del davant de casa o al jardí del darrere?

—No ho sé! Tinc molts dubtes sobre això! Tu on ho faries?

—Doncs, mira, potser al davant, eh? Si a les fotos hi surt el mas de fons farà molt bonic. Serem molts?

—No gaires, una vintena d'amics... i les dues famílies... Bé, tres!

La Joana havia dit l'última frase com aquell qui res, mentre feia anar la cullereta per remenar el tallat. Però els seus pares van creuar-se la mirada, una llambregada breu, i es van entendre sense necessitat de paraules. S'havien adonat, tot d'una, que la Rita, en Guillem i ells dos s'haurien de veure, haurien de parlar, compartir espai, fer d'amfitrions... i sobretot, s'haurien de mirar als ulls.

Feia quinze anys que això no passava. Es podria dir que ho van decidir per consens, sense haver de parlar-ne. Va ser així des del primer moment, des del dia que en Jim i la Rita van marxar.

Anys després, quan la Marta i en Guillem van començar a viure junts, els fills de tots dos, que ja eren adolescents, ho van entomar com si fos la cosa més natural del món. En Guillem s'hi amoïnava:

—Pobra canalla... Al final no sabran qui és qui —deia mig de broma.

La Marta hi volia veure el costat romàntic:

—Que tu i jo estiguem junts ho troben natural... perquè ho és! És com si haguessin estat esperant que passés!

Res no va canviar tampoc aleshores, i entre les dues parelles es va mantenir una distància sòlida com un bloc de gel. El dolor de la traïció s'havia esmorteït, allisat com tots els dolors pel pas del temps. Però tots semblaven d'acord que el daltabaix havia sigut massa gros.

Finalment ara, pel casament de la Joana, es veien abocats a coincidir. La núvia va endevinar quins eren els pensaments dels seus pares en aquell moment. Va encetar una frase, però tots dos la van interrompre:

—Esclar que hi serem tots.

—Ningú no es voldrà perdre el teu casament!

—Tu no has de patir per res.

Van allargar la sobretaula fins que el sol va començar a declinar i el cel barceloní agafava tonalitats roses. Quan havien arribat al restaurant, els contorns es mostraven definits amb la llum del migdia i ara es desdibuixaven mentre el litoral s'anava omplint d'una corrua de llums vermelles.

Ells també es van incorporar resignats a la retenció de la ronda. S'estaven tots tres en un silenci còmplice a dins del cotxe de la Joana, que conduïa amb suavitat i taral·lejava les cançons que sonaven a la ràdio. En Jim assaboria aquell moment de pau i no podia deixar de preguntar-se si aquella era la vida a la qual ell havia renunciat.

L'endemà, la Marta va parlar amb en Guillem; en Jim va parlar amb la Rita. Després, els pares de la núvia van trucar-se per posar en comú les sensacions de tots.

En Jim va fer el primer pas:

—La Rita i jo volem que la festa vagi bé i que la Joana pugui estar tranquil·la.

Era un bon començament, però la Marta va afanyar-se a posar-hi prudència:

—Esclar, però no creus que trobar-nos aquell dia davant de tothom pot ser molt violent? Potser ens hauríem de veure abans, no?

Els ulls blaus d'en Jim van empetitir-se una mica, la boca es va tòrcer amb un punt d'escepticisme:

—Jo crec que no cal pas. La Rita ho veu com tu, però...

—Ha!, que curiós: en Guillem tampoc no vol.

—Mira, digues a la Rita que l'espero demà a casa. Creus que s'ho podrà organitzar?

—Suposo que sí.

Mentre es posava rímel i passava el raspallet ondulat

damunt de les pestanyes, una vegada i una altra, la Rita meditava si la tasca que l'esperava era el més difícil que havia hagut de fer mai. Va pensar en el part de la Maria, que va ser llarg i dolorós; o en els dies posteriors a la fugida de la seva mare amb el veí de dalt; o en aquella bronca que va fotre-li el director d'una sèrie davant de tot l'equip. Però tot li semblava una minúcia al costat d'això: haver de mirar la Marta als ulls, haver de buscar l'expressió del rostre quan ella obrís la porta de casa i es trobessin l'una davant de l'altra; saber trobar el to de veu adequat, les paraules justes que no les portessin pel camí del pedregar.

No va parar d'assajar en tot el trajecte d'autobús. A mesura que s'anaven acostant a l'Eixample —quina paradoxa— se li anava encongint el cor. Quan es va aturar davant del portal que havia estat el seu anys enrere, li faltava una mica l'aire. Va veure que encara li quedaven deu minuts i els va passar palplantada al xamfrà, fent els exercicis de respiració que havia après al teatre. El pols es va alentir, va començar a respirar millor. Ja no suava.

Havia triat un pantaló de color beix, uns botins de pell girada del mateix color i una brusa de ras de color cru. Ni massa exagerada ni massa avorrida. Els cabells deixats anar —ara els duia més curts, a l'altura de les espatlles— i els llavis d'un rosa pàl·lid. Va passejar la mirada —sense voler-ho però volent-ho una mica— per les bústics de l'entrada. Principal segona: Marta Recasens i, a sota, Guillem Larralde. Ara sí: el cor li va fer un bot i després li va semblar que li queia a terra molt de pressa, com un ascensor que s'ha desfrenat.

En els minuts posteriors, tot li va semblar una pel·lícula. Com si els moviments els estigués fent algú altre. Com si les veus ressonessin en una habitació insonoritzada. Com si l'aire fos més espès. Com si el seu cos s'hagués tornat de suro per protegir-la de qui sap quins perills. Però el menjador del pis de la Marta era l'espai acollidor de sempre, la seva veu sonava tan dolça com abans, els cabells se li movien, brillants i suaus (es va preguntar fugaçment si ja es devia tenyir les canes). Mentre la Marta li oferia una cervesa va veure, de reüll, la butaca i el llum de peu, un racó de lectura que sabia perfectament a qui pertanyia. Recordava en Guillem quan havien anat a viure junts: l'únic que et demano és un lloc per llegir, una butaca còmoda i una làmpara amb llum blanca i zenital.

—Saps què —va dir la Marta, tornant a aixecar-se del sofà—, obriré una mica, trobo que fa xafogor.

Mentre ella s'aixecava i s'acostava a la porta del pati, la Rita va escurar els segons per tornar a remirar l'estança, i li va semblar que era una espia a qui li havien encarregat que busqués pistes i que es fixés en tots els detalls. Va reconèixer la calaixera que en Guillem havia heretat de la seva àvia. Al damunt del marbre hi havia un grapat de fotografies, amb marcs petits i grans, verticals i apaïsats, posats uns davant dels altres. No va gosar posar-se dreta i acostar-s'hi, però del sofà estant va veure que hi havia dues fotos on sortien la Marta i en Guillem. Una altra d'en Guillem i la Maria, i una de la Marta amb els seus fills. Per a sorpresa seva, el fet de no veure-hi cap fotografia on coincidissin la Marta i la seva filla la va alleugerir. Tampoc no n'hi havia cap on sortissin tots: en Guillem i la Marta amb els seus fills respectius. I, per descomptat, ni rastre d'en Jim, ni rastre d'ella.

A casa seva —va reconèixer de seguida— tampoc no hi havia cap foto amb en Guillem i la Marta. I mira que se n'havien arribat a fer durant els anys que van ser amics! Tots quatre, amb fills o sense... era una altra vida. A casa seva, però, sí que hi havia una foto d'en Jim i ella amb els nens. I una on sortien la Joana, en Biel i la Maria, agafats per les espatlles, en un gest que traduïa una gran complicitat. Li encantava aquella foto. Per primera vegada va pensar que si la Marta veiés aquella foto, es podria molestar. (Si un dia ve a casa, l'amagaré).

Va observar la Marta mentre portava la beguda, agafava els posavasos, portava tovallons de paper i un bol amb unes ametlles torrades. No s'havia engreixat ni un gram i conservava l'elasticitat d'un cos jove, tot i que quan es va asseure al sofà va deixar anar l'ai inevitable que sol incorporar tothom que ratlla la cinquantena. Duia un pantaló negre de cintura alta i camals amples, d'una roba amb un caient extraordinari. Deuen ser caríssims, va pensar la Rita, però en lloc d'això va dir:

—M'agraden, aquests pantalons, t'estan molt bé.

La Marta va agrair el compliment amb un somriure i va picar unes ametlles. En els gestos massa rígids, la Rita hi va llegir certa angoixa. Està tan nerviosa com jo.

—Estic molt nerviosa.

—Jo també. Molt. Mira!

La Rita havia aixecat els braços per deixar veure els cercles foscos a sota les aixelles.

—No hi ha res que em faci més ràbia!

—Ja ho sé... Me'n recordo com et feia patir quan estaves a l'escenari!

—Encara em passa.

El sol fet que la Rita estigués allà al mig del menjador, amb els braços aixecats ensenyant les taques de suor, ja va tranquil·litzar-les a totes dues. Es van asseure al sofà, ni massa a prop ni massa lluny, i semblaven dues amigues compartint còmodament una cervesa entre setmana.

—Has canviat el sofà, oi?

—Que en fa d'anys! De seguida que va marxar en Jim.

—Doncs a mi m'agradava aquell sofà taronja...

—A mi també.

La Marta va començar a desgranar tot de qüestions pràctiques per a l'organització del casament, la majoria de les quals ja havia comentat prèviament amb la núvia i, per tant, no requerien gaire comentari. Les flors, que guarnirien diversos racons del Mas, la Joana les volia de color blau, lila, malva o violeta. Havien de mirar quines aguantarien millor la calor de juliol.

—Hortènsies, segur. I potser aquelles campanetes blaves...

—Les campànules... sí, i les anemones són precioses, però no sé si són gaire resistents...

—Ho demanarem a la floristeria de Begur, la de l'Amèlia, saps? La Cindy i ella són molt amigues.

—I després diu que a cada taula vol que hi hagi un pom de flors ben diferents...

La Marta va mirar a la llunyania i va deixar anar un sospir seguit d'un «ai, que bonic», que les va fer riure totes dues.

Després van parlar del menjar —tot fred, per picar— i de la beguda —tot vins empordanesos! Encarregarien al jardiner que solia donar un cop de mà a la Cindy per podar els arbres que netegés les males herbes i ho deixés tot net i polit. Segurament ell mateix —amb l'ajuda dels nois— podria fer-se càrrec de la il·luminació de l'era del davant del Mas, on instal·larien les taules per sopar. La Joana només volia uns fils amb bombetes blanques.

—I les taules i les cadires d'on les traurem?

—Em sembla que en Jim en coneix un que en lloga a Torroella. M'ho apunto per dir-li i que se'n cuidi ell.

En un quart d'hora ho van tenir més o menys enllestit. Llavors va ser quan la Marta va dir, pronunciant les paraules una mica més a poc a poc del normal:

—Doncs... jo crec que ja ho hem repassat tot...

I a la Rita se li va obrir un esvoranc just al davant, entre el sofà i la tauleta de centre, i va notar que el vertigen li llevava el color de les galtes. Només volia aixecar-se i marxar.

Però la Marta li va oferir una altra cervesa, amb aquella serenitat que enervava tant la Rita: aquells cabells tan llisos, tan sedosos, movent-se d'una banda a l'altra com les cames de les noies de la natació sincronitzada.

Va tornar al menjador amb les begudes i va seure al sofà, potser una mica més a prop que abans. La Rita deixava vagarejar la mirada pel sostre del menjador, baixava per les cortines i arribava a tocar terra. La Marta va inclinar el tors lleugerament —estaven a tocar— i va dir:

—I així, com estàs? Com has estat tots aquests anys?

La Rita va aixecar la mirada com qui hissa una bandera enorme i pesant i es van quedar uns segons així, mirant-se als ulls.

—De veritat que vols que en parlem?

La Marta va fer que sí amb el cap mentre s'eixugava els llavis amb un tovallonet de paper.

—Doncs... a veure, hi ha dies de tot, ja t'ho pots imaginar, com tothom. La veritat és que tot ha girat al voltant de l'Abril i la diabetis.

—Sí, em va saber molt de greu. Potser t'hauria d'haver trucat...

—Deixa-ho estar, Marta, jo crec que durant uns anys

valia més mantenir-nos a distància. Ens ha anat bé així.

S'havia anat fent fosc i la Marta es va aixecar per encendre un llum de peu. Ho va fer com feia ella les coses, a poc a poc i amb delicadesa, amb moviments gairebé de ballarina. L'espai es va il·luminar amb una llum rosada perquè la pantalla era de tela blanca amb unes flors grosses, segurament pintades a mà, de color magenta. La Rita es va sobresaltar quan la Marta, de cop, va deixar anar:

—Que ens ha anat bé? Noia, deus parlar per tu. Per vosaltres. A mi m'ha costat molt de refer-me. Ara, en una cosa tens raó: havíem de passar uns anys distanciats del tot. Jo no hauria suportat veure't, Rita.

Se li havien negat els ulls i, a l'última frase, la veu li havia tremolat una mica, però la Rita va detectar sense cap mena de dubte que el tremolor no era degut a l'emoció, era ràbia pura. Va quedar-se en silenci i li feia la sensació que ja no podria tornar a parlar mai més. El cap li bullia: què és aquest rampell? Per això volia veure'm? La cordialitat era forçada? Els interrogants es bellugaven com ocells excitats a punt de topar els uns amb els altres i, entre la piuladissa, es va anar imposant una pregunta: i ara què dic?

—Em sap greu, Marta... de veritat...

I la Marta, amb les galtes enrojolades com les flors magenta de la pantalla, es va posar dreta per respondre-li:

—Què et sap greu? Haver-te enamorat d'en Jim? Haver-me mentit un dia rere un altre? Haver-me fet perdre deu quilos? Deixar-me tantes nits sense dormir?

—Em sap greu haver-te perdut com a amiga. Potser ho podia haver evitat, segur que es podia fer millor...

—Ostres, no sé si hi ha manera de fer millor una cosa com aquesta!!

Va fer un glop llarg de cervesa i va deixar la copa damunt la taula, enfurismada. La Rita també va aixecar-se del sofà i les dues dones van seguir discutint movent-se pel menjador de la casa, com fan les lleones engabiades al zoo.

—Marta, digue'm la veritat: hauries preferit que ens empasséssim l'enamorament, que el dissimuléssim davant vostre? Havíem de fer veure que no passava res?

—Doncs... no ho sé, potser el que hauria volgut és que intentéssiu sufocar-lo quan encara podíeu...

—...de veritat hauries volgut retenir en Jim a qualsevol preu?

—Potser sí! Potser l'hauria volgut retenir perquè els meus fills el tinguessin cada dia i no patissin com van patir... que potser encara els passa factura. Ho podíeu haver frenat. Em sembla que això és el que hauria fet jo. No en puc estar segura, però...

—Jo sí que n'estic segura...

La Rita s'havia deixat anar al sofà. La Marta es va girar per escrutar-li l'expressió:

—Què vols dir?

—Doncs això... que tu no hauries seguit els teus impulsos com vaig fer jo, com vam fer nosaltres, n'estic segura...

—Perquè soc freda i no sé què és la passió?

La Rita es va esperar uns segons. Es mossegava el llavi, es va gratar el coll com si acabés de picar-li un mosquit. Era evident que estava dubtant si dir-ho o no. Ho va fer.

—Vols sentir-ho? Vols que et digui que penso que ets fastigosament responsable? Doncs, au, ja ho he dit.

La Marta va fer un gest molt seu, movent el cap verticalment com si digués que sí, però amb una ganyota de censura. Com quan algú diu o fa alguna cosa reprovable i algú altre l'aplaudeix irònicament o li diu un molt bé que en realitat vol dir quina barra. En aquell cas, es tractava d'un gest a mig camí entre l'emprenyament i la sorpresa: O sigui que has gosat dir-ho en veu alta!

S'havia anat fent fosc. A fora al pati ja era negra nit.

—Sortim a fumar?

La Rita no s'ho acabava. Què era aquell canvi de registre? La tenia desconcertada. Va seguir-la a fora sense dir ni una paraula. Va acceptar el cigarret que la Marta li oferia i es van quedar totes dues allà, l'una asseguda i l'altra dreta, en silenci, fumant.

—Se'm fa estrany... Mai hauria pensat que acabaries fumant, Marta.

—Mmm... Hi ha tantes coses que mai hauries imaginat que faria! Mai no t'hauries imaginat que acabaria sent la parella del teu home, oi?

El to de la Marta era relliscós com un pendent gebrat. La Rita havia apagat el cigarret i s'estava dreta, estintolada a la paret, amb els braços creuats damunt del pit. Tenia la sensació que havia de deixar-la parlar, i que qualsevol cosa que digués la perjudicaria.

—La veritat és que en Guillem em fa molt feliç. I, per favor, no m'ofenguis pensant que ho dic per despit. Al començament, fins i tot em feia vergonya. Però em va durar poc: estem molt bé, de veritat.

La Rita, amb un fil de veu, va gosar dir:

—Me n'alegro molt, Marta, per tots dos.

Es van mirar als ulls, finalment. Uns segons densos i vibrants.

—No, si encara t'hauré de donar les gràcies!

La Rita va deixar anar un riure esquifit i estrany, que més

aviat semblava un miol. Es veia ben clar que no sabia si tocava riure o no.

—Ostres, ja no me'n recordava de l'olor de sofregit... —va ensumar l'aire, la Marta va pensar que era un gest molt còmic—: encara cuina tant, la senyora Teresa?

—És molt velleta, però encara cuina, sí. Es va quedar vídua l'any passat.

Van tornar a quedar en silenci perquè aquella conversa, la naturalitat d'aquella conversa, les havia estovat a totes dues. Aquell anar i venir de la batalla a la intimitat les estava esgotant. Aleshores la Marta va fer una cosa inesperada. Va agafar aire, el va deixar anar a poc a poc, va inclinar el cos endavant per acostar-se a la Rita i va dir:

—Parlem-ne, va.

Després va ser com si hi hagués hagut una ventada, va quedar tot net i transparent, cristal·lí. La Marta va fer l'última pipada i, mentre treia el fum i apagava el cigarret al cendrer, va començar a parlar, amb calma, sense pressa ni traves, d'aquella nit maleïda que en Jim li va dir que s'havia enamorat de la Rita, i de tot el que va venir després.

Va parlar d'aquells primers dies. D'aquell primer cap de setmana que es va passar sencer al llit, després que la seva mare s'endugués els nens. De com patia per ells, i pel disgust que havien tingut els seus pares. De les hores que va passar fent solitaris a l'ordinador, sense vestir-se, ni dutxar-se, sense menjar ni dormir. Va reviure per a la Rita l'esforç descomunal que va haver de fer per, finalment, anar a buscar els nens i actuar, fer veure davant d'ells que la vida podia tornar a ser normal. Va recuperar la mandra immensa que li feia tornar a les classes a l'acadèmia, com la monotonia dels plié-relevé es va tornar odiosa. Com hauria bufetejat les nenes que s'equivocaven. La tristesa profunda que sentia de pensar que la seva vocació, el seu amor pel ballet, havia desaparegut i al seu lloc hi havia començat a créixer una mala herba molt semblant a la desídia.

Va dir que els primers dies tenia més vergonya que dolor. Que es veia com una protagonista de telefilm barat de diumenge a la tarda. El seu marit li havia posat les banyes amb la seva millor amiga. Se n'havien fet centenars de pel·lícules. Quin horror.

En aquest punt, la Rita, que es mantenia en silenci, concentrada en el floc de cabells que entortolligava amb el dit i tot seguit deixava anar per tornar a cargolar-lo, la va interrompre:

—Enamorar-se no és un argument de pel·li barata, Marta. Enamorar-se és una cosa que passa, que et passa, sense que puguis preveure-ho o frenar-ho.

—No hi estic gens, però gens d'acord.

—Ah, no? Que no t'has enamorat, tu, dues vegades pel cap baix?

—Sí, i sé que a la vida real les persones no cauen fulminades per la sageta de Cupido. Ens enamorem progressivament i, durant aquest procés, fins a un determinat punt, la majoria de nosaltres té un cert control sobre els seus sentiments. T'ho diré més clar: el que no us perdono, ni a tu ni a en Jim, és que quan vau notar que començàveu a enamorar-vos no féssiu res per aturar-ho. Si més no, podíeu haver-me tractat com una persona adulta i de confiança i haver-me dit, ei, mira, està passant això, potser no podrem o no voldrem reprimir-nos.

—Va, Marta, ja ho saps que les coses no van així. Ningú actua tan cerebralment en el terreny de l'amor. El cor té raons que la raó no entén... No era així, aquella frase? Ara no sé de qui és...

—No em vinguis amb cites literàries! Si fos com tu dius, si la gent s'enamorés tan fàcilment i ningú pogués resistir-s'hi, no hi hauria cap matrimoni que durés més d'un any. Si hi estiguéssim ben predisposats, ens podríem enamorar cada dia, posa-hi cada setmana. Tots coneixem persones que ens agraden i, qui sap, si exploréssim la possibilitat, potser hi trobaríem un gran amor.

—No es tracta d'això. En Jim i jo no ens vam enamorar a primer cop d'ull. Ens coneixíem bé, ell va sentir un dia que s'estava enamorant de mi, m'ho va confessar i vam descobrir que ens estimàvem. Això també pot passar.

La Marta caminava, dues passes cap a la dreta, dues passes cap a l'esquerra. Va rebufar, fluixet:

—Això també és per petar-se de riure! Quan ho vaig saber em petava: en Jim et diu, tot d'una, sense més ni més, que s'ha enamorat de tu i tu vas i, ostres! Descobreixes que, ben mirat, tu potser també l'estimes! És estrany, oi? És patètic, Rita. Simplement tu t'havies avorrit del teu matrimoni, et faltaven al·licients, i en Jim te'n va servir un en safata. No diries que més aviat és això?

La Rita s'havia anat aclofant al sofà, encongida, petita. Encara va tornar a insistir-hi, amb un fil de veu:

—Quan ell m'ho va dir, hi vaig pensar, i vaig veure que en realitat jo també n'estava enamorada. Pot passar, no?

—Oh, i tant que pot passar. Sense anar més lluny, ens hauria pogut passar a mi i en Guillem, oi? Has pensat com t'hauries sentit?

La Rita callava. I va callar encara una estona més mentre la Marta s'asseia al seu davant i encenia un altre cigarret.

Li va semblar que ho feia amb certa satisfacció, com un jugador d'escacs que acaba de fer una bona jugada.

—Sí que ho vaig pensar, quan vaig saber que estàveu junts. Però se'm feia molt difícil imaginar-ho...

—No pateixis, ja t'ho dic jo: t'hauries sentit mutilada, una desferra. No vaig aixecar cap durant gairebé dos anys, Rita. M'havia quedat sense en Jim, sense tu, sense aquell nosaltres quatre. De vegades pensava que també m'havíeu pres la Marta que jo era.

La Rita feia estona que plorava. Les llàgrimes li queien mansament galta avall. Tenia el nas vermell i els ulls enfonsats. La Marta va aturar-se perquè li va semblar que era el moment adequat perquè la Rita li demanés perdó. S'havia imaginat aquella escena moltes vegades i sempre es repetia un cert esquema: ella recordava el seu dolor, feia els retrets que tocaven i la Rita li demanava que la perdonés. En aquelles fabulacions, mai no quedava clar si era magnànima i generosa o si, al contrari, reaccionava ofesa amb una negativa.

Però la Rita es va saltar el guió. Encara entre llàgrimes, va dir:

—T'he enyorat tant! M'has fet tanta falta!

I allò, a la Marta, la va desmuntar. Per inesperat i per la sinceritat amb què les paraules havien estat dites. Va notar com el seu cos hi reaccionava amb tremolors, esgarrifances i una lenta desacceleració dels batecs del cor. Li semblava que tota la fúria i la desesperació que havia sentit anys enrere, que s'havien enquistat, arrupides en algun racó del seu organisme, començaven un procés de desintegració, que primer s'estovaven per finalment desaparèixer. No va oposar-hi cap resistència, no tenia cap ganes de conservar aquell ressentiment a dins seu.

La Rita esperava pacientment en silenci, una mà damunt de l'altra a la falda, en un gest més propi d'una àvia octogenària que no pas de la dona vital i inquieta que ella era. Semblava intuir que les seves paraules estaven produint una mena de reacció en cadena en el cos i en l'esperit de la Marta. I esperava. Tenia tot el temps del món per esperar.

La Marta es va eixugar una llàgrima amb un gest ràpid —el dit petit que pentina les pestanyes—, va agafar un dels coixins que tenia damunt del sofà i se'l va posar damunt de la panxa, el va abraçar i finalment va deixar-se anar enrere, fins a seure còmodament.

A partir d'aquell moment, les dues dones van continuar la conversa com si fossin dues amigues íntimes que, després d'una llarga separació, s'haguessin retrobat. Parlaven com ho haurien fet si haguessin estat vivint en continents diferents per circumstàncies de la vida.

En aquells quinze anys, la vida havia seguit el seu curs: meandres, ràpids, més o menys cabal. Per a la Rita, la malaltia de l'Abril havia sigut una crescuda violenta que els havia arrossegat riu avall. La Marta, en canvi, després d'uns anys de sequera, els darrers temps havia navegat per aigües manses i la vida havia tornat a ser una passejada agradable.

Van parlar extensament de la Joana, d'en Biel i de la Maria, aquests nens que ara ja eren quasi adults. Van posar-se de seguida d'acord que el més pesat de tots tres, quan eren petits, va ser en Biel, que no sabia entretenir-se amb res i només rumiava tot el dia com s'empescaria una nova trapelleria. S'havia trencat el braç dret esquiant, fent el boig a l'escola s'havia fet un trau al cap que havia necessitat una dotzena de punts, i van perdre el compte dels esquinços de turmell jugant a handbol. En canvi, la seva adolescència va ser una bassa d'oli comparada amb la de les noies.

La Joana havia passat una adolescència de llibre, rebel, llunàtica i esquerpa.

—Potser també hi té a veure que fos la gran, no? Tot allò que diuen, que els grans han d'obrir camí... Jo no hi entenc, noia, que soc filla única.

—No crec que hi tingui res a veure. La meva germana gran va ser la menys problemàtica. La Joana és que és una ànima lliure, com el seu pare...

—...i com la seva àvia.

—Sí, tens raó, s'hi assembla molt, a la Cindy. La Cindy també va per lliure.

—Ui... noto un to... la Cindy no me la toquis, eh?

La Rita va girar els ulls en blanc, com solia fer quan n'estava fins al capdamunt.

—Mare meva, no havia vist mai una sogra i una nora tan ben avingudes!

—És una crítica?

—No, dona, és un elogi!

—Però si se t'escapa el riure!

—Nooo, només és que la Cindy parla molt de tu, i sempre bé. La Marta ho feia així, la Marta sí que en sabia, la Marta això i la Marta allò. Insisteixo (la Rita movia la mà amunt i avall, els dits polze i índex units): no havia vist mai una sogra que n'estigués tant, de la nora!

—Ara és la teva sogra. Jo ja en tinc una altra.

—Sí, i ho lamento: hi has sortit perdent clarament.

Va tornar a aixecar els ulls al cel.

—És bona dona, l'Aurora, però em posava histèrica veure-la defensant el cràpula del seu fill...

—Sí, no puc negar que la Cindy em cau més bé, i m'agrada que la Joana s'hi assembli.

—Però la Joana ha triat millor que la Cindy, a l'hora de casar-se... és més assenyada...

—Ha! En Jim també semblava molt més assenyat que la seva mare i mira...!

Tota la conversa entre les dues dones va estar esquitxada de silencis incòmodes com el que havia provocat aquest últim comentari. Després, però, reprenien el to com si res no hagués passat.

També van parlar de la Maria i de la prometedora carrera de científica que estava encetant.

—Aquesta també ha heretat el caràcter de la branca paterna, no hi ha dubte. Mira que arriba a ser estudiosa! Sempre amb aquestes notes de caure de cul. Jo era un desastre absolut, no sé ni com vaig acabar el batxillerat...

—Però segur que eres molt creativa. Cadascú té un talent determinat.

—Sí, però a mi m'encanta que la Maria vulgui ser metge. Té una vocació claríssima i segur que la feina la farà molt feliç.

—Sí, em fa feliç veure-la tan contenta, ara.

—Què vols dir?

—Doncs això, que la veig contenta...

—Però per què ho dius?

—...

—Marta.

—Doncs ho dic perquè va passar una etapa difícil, que no la veia feliç. Segur que vosaltres també ho vèieu. Era quan va començar el batxillerat...

—I què li notàveu?

—Doncs que estava moixa, que es posava a plorar per qualsevol cosa...

—Devia estar enamorada, no?

La Rita somreia imaginant-se el primer amor de la seva filla. Però de seguida va veure que la Marta no la seguia. La Marta s'havia aixecat i tenia pressa per acabar la conversa. Estava incòmoda.

—Què passa, Marta, fes el favor. Què saps que jo no sàpiga?

—No es tracta de res concret... res greu.

—Marta, si us plau.

Finalment la Marta va cedir:

—Quan la Maria va començar el batxillerat va arribar una noia nova a la seva classe de l'institut. Es deia... espera't, era un nom molt original.

—És igual el nom. Què va passar amb aquesta noia i la Maria?

—Úrsula!, es deia Úrsula. Doncs passava que li va agafar tírria a la Maria i li feia la vida impossible.

—Com?? —El to agut de la pregunta va delatar el dolor que aquell descobriment estava infringint en la Rita—. Vols dir que a la meva filla li feien bullying i jo no ho vaig saber?

—Dona, jo no diria tant...

Va mirar la Rita de reüll mentre ho deia i la va veure amb els ulls envermellits; la pell del rostre, en canvi, havia empal·lidit sobtadament. Es gratava un braç compulsivament.

—Escolta, no t'ho agafis així, que la sang no va arribar al riu. Només li prenia el pèl quan treia bones notes, li deia que era una setciències i que acabaria tancada en un laboratori sense cap més amic que els tubs d'assaig. Enveja pura i dura.

—I ella s'ho passava molt malament, esclar. Doncs no la vaig veure plorar ni un sol dia!

—El que va passar és que un dia jo havia fet per dinar uns ous farcits que a la Maria li agraden molt i ella només en va menjar un, i deia que no tenia gana. Llavors en Biel va començar a escarnir-la, aprimant la veu i dient amb to de bleda: no tinc gana, estic enamorada i burrades així. I la Maria, que ja saps que té molt de sentit de l'humor i una paciència infinita amb en Biel, doncs, en lloc d'agafar-s'ho bé, es va enfadar molt i es va aixecar de taula i es va tancar a l'habitació. Era tan estrany que vaig anar a mirar si en podia treure l'entrellat. I llavors, picant pedra, preguntant i escoltant, em va confessar que no tenia ganes d'anar a l'institut, i que això no li havia passat mai, i va acabar parlant de l'Úrsula.

—O sigui —la irritació era evident, però no estava clar si era contra la Marta, contra la seva filla o, més probablement, contra ell mateixa— que la meva única filla té un problema gros i en comptes d'explicar-me'l a mi, li falta temps per fer-te confidències a tu. No deu voler dir res de bo de mi com a mare...

—No diguis bestieses, Rita. Si aquella setmana hagués estat a casa vostra t'ho hauria explicat a tu.

La mirada de la Rita s'havia enfosquit i feia cara de pomes agres. La Marta se li havia acostat i, agafant-li la barbeta, li va fer alçar el rostre. Es van mirar un moment als ulls fins que totes dues alhora, sincronitzades, es van posar a riure.

—No em diguis que estàs gelosa! És que és per morir-se: tu em fots el marit i encara estàs gelosa de mi!

La Rita s'eixugava les llàgrimes —la Marta va pensar com havia enyorat aquell riureplorar de la Rita— i després es posava la mà a les costelles:

—Para, para, que em fa mal la panxa! Marta: jo sempre he estat gelosa de tu. Tu ets més forta que jo, més estable, més responsable. Ets... perfecta.

—I... malgrat tot... aix, ja no en vull parlar més.

—Tornant a la conversa trobo que els fills ens han sortit prou bé. Els hem criat a mitges!

—Sí, són macos. I tots tres se'n sortiran, crec.

La Rita s'havia aixecat i s'estava posant la jaqueta.

—On vas?

—És tard, me n'he d'anar, que demà matino.

—Un moment. Hem parlat de les sogres i dels fills, però no hem parlat dels marits!

—Ai, sí. Va, parlem-ne i així ja ho tenim fet.

—També els hem criat a mitges!

A qualsevol observador li hauria resultat realment molt curiós veure com aquelles dues dones, que havien passat quinze anys sense veure's —tants com els que havien sigut abans amigues—, van actuar en aquell moment amb una complicitat pròpia només de dues ànimes bessones.

Totes dues van riure l'ocurrència amb rialles sorolloses i sinceres i, mentre ho feien, es van posar dretes fent evident que donaven per acabada la conversa, i també la trobada. Ni per un moment —o això li hauria semblat sense cap dubte a l'observador— no es van plantejar parlar realment d'en Guillem i d'en Jim, els homes que totes dues havien estimat en algun moment de la seva vida o potser encara estimaven.

Una nit de juliol 3.30 h

—Ets un animal, Guillem. —La Marta el renyava sense gaire convenciment, fingint clarament un escàndol que no sentia.

—Així ens ho hem tret de sobre, dona!

—Sí, està ben fet, Guillem —la Rita tornava a omplir els gots—, és com un exorcisme! I en Jim s'ho mereixia: és especialista a ficar-se de peus a la galleda!

Van riure durant una estona, deixant anat xiscles i fent escarafalls, i trobaven un cert plaer en el fet de ser escandalosos, de comportar-se com si ignoressin les normes d'urbanitat, com si fossin joves. Després, seguint dòcilment els viaranys de la conversa, van anar a parar a l'obra de teatre que acabaven de proposar-li a la Rita.

—El muntatge estarà molt bé, em fa il·lusió treballar amb en Fàbregues... Ara, és un personatge de dona madura, eh?

Feia cara de pomes agres, exagerant la ganyota per riure's d'ella mateixa.

—Dona, és que jo diria que tu ja ho ets, una dona madura! Una dona madura estupenda, això sí...

Sense poder evitar-ho, es van observar entre si amb ull crític. Tots ratllaven, per damunt o per sota, la cinquantena i, sí, no es podia ignorar que els anys els havien deixat marques als cossos, hi havien tret i posat coses, les havien endurit o les havien estovat.

La Marta va reflexionar en veu alta:

—Com canvia, si veus envellir algú al teu costat o si el veus de sobte molts anys després, oi?

En Jim es va rascar el clatell:

—Estàs dient que m'he fotut vell, oi? Ja m'ho diu la meu mare...

Van riure. La Marta va afanyar-se a desmentir-lo:

—Però què dius, si només feia un parell d'anys, que no et veia!

La Rita va sumar-se a la broma:

—Doncs aleshores ho deies per mi!

—Ja saps que no. Mare meva, que susceptibles que esteu!

Els riures van tornar a omplir la foscor. En Jim mirava la Marta i ella va notar-ho però va fer veure que no. Va ser una mirada que la resseguia, entretenint-s'hi, i que la va incomodar una mica. La bombeta que tenien just al damunt va començar a fer pampallugues i es va apagar.

La Rita va mirar amunt i va seguir parlant de teatre:

—Sí, ja podeu riure, però per a una actriu és molt fotut envellir.

—El talent no desapareix amb els anys, més aviat al contrari.

—...però estic enfadada amb el fet d'envellir, amb els mitxelins i amb les arrugues, no puc evitar-ho. No m'agrado gens!

En Guillem anava pivotant la mirada —ara l'una ara l'altra, com una partida de tennis— damunt d'aquelles dues dones. Va rumiar si encara les estimava totes dues. I sí. Va sospesar els dos amors, però es va adonar de seguida que era una ximpleria —i probablement una grolleria, també— mesurar els amors al pes, com si posés a la balança un grapat de prunes. No es tractava del quant, es tractava del com. I no podia haver-hi dues maneres tan diferents d'estimar, venint d'un sol home.

Havia estimat la Rita amb un amor encès, vibrant, sonor, saborós, de colors llampants: vermell carmesí i taronja, groc llimona, dels mateixos colors que ella solia anar vestida. L'amor que sentia per la Marta —la reflexió venia enfilada— era també dels colors discrets i elegants que ella solia triar: pedra, tabac, blanc i negre, tots els grisos (perla, acer, marengo, plom), blau marí.

La Marta va inclinar-se cap endavant i va agafar una gerbera rosa que s'havia deixat anar del ram i havia quedat damunt la taula. Va jugar-hi, fent lliscar els dits per la tija amunt i avall:

—Quina bestiesa, Rita! Però si estàs tan guapa com sempre. Doncs a mi, no us diré que m'agradi fer-me gran però... sí, en certa manera, sí. Sento menys pressió i em vaig trobant més còmoda. Em conec més. He perdut inseguretats i manies.

En Jim l'escoltava i pensava que s'hi sentia plenament identificat. De fet, quan la Marta i ell estaven junts, n'havien parlat sovint, de fer-se grans. Els agradava imaginar-se com una parella de vellets enamorats. Ho deien així, amb aquestes paraules. Es mirava la Marta i pensava que fer anys al seu costat hauria estat un plaer. Seria una velleta sensible i divertida. De fet, era per això que se n'havia enamorat, perquè en aquella noia de vint anys que arrossegava la rèmora d'una tragèdia familiar, hi va saber veure sensibilitat i ganes de viure.

Tenia la copa a la mà i va xarrupar l'últim líquid que hi quedava. Després es va quedar una bona estona fent giravoltar els glaçons, que topaven contra el vidre i feien un soroll refrescant però irritant.

—Vols parar?

La Rita li va posar la mà damunt del braç per aturar el moviment. Però ell no podia parar. No podia parar de donar-hi voltes. Estava encallat en el mateix pensament, preguntant-se una vegada i una altra com podia haver-se enamorat d'una altra dona tenint la Marta al costat. Si la Marta era exactament la companya que ell necessitava, si l'estimava sense condicions. Si la Marta compartia el seu sentit de l'humor i l'ajudava a trobar el sentit pràctic de les coses, i tenia una paciència infinita amb la seva ganduleria i amb les seves rucades, amb la seva rebel·lia recalcitrant.

No sabia en quin moment podia haver perdut de vista les qualitats que l'havien enamorat i que —aquella nit ho veia d'una manera diàfana— encara hi eren. La relació d'harmonia que la Marta tenia amb el món, la delicadesa dels seus gestos, la seva mirada neta, els seus ulls, tan dolços, sempre amb un tel de tristesa al fons de la mirada. La mirava, i hauria volgut aixecar-se i acostar-se allà on ella era i, sense dir res, passar-li la mà pels cabells —en recordava el tacte sedós com si els hagués acaronat ahir. La tocaria i ella també reconeixeria la carícia, la suavitat del palmell, i seria com si res no hagués passat i tornarien a ser la Marta i en Jim, en Jim i la Marta, com havia de ser.

—Si tenim la sort de trobar-nos raonablement bé, la vellesa serà una etapa fantàstica, ja ho veuràs.

En Guillem ho havia dit mirant la Marta als ulls, com una promesa. Ella es va limitar a fer que sí amb el cap. En Jim va interpretar que no hi havia un gran convenciment. I era cert, però no per les raons que ell volia creure. Senzillament, la vida havia deixat prou clar a la Marta que valia més no fer plans perquè tot podia torçar-se en qualsevol moment. Era un escepticisme alimentat amb els anys.

—Vaig a buscar una rebeca. Voleu alguna cosa de dins de casa?

—Sí, porta'm aquell xal blanc, em sembla que l'he deixat al banc de l'entrada.

La Marta va fer el camí cap al Mas a poc a poc, perquè coneixia prou bé aquella zona i sabia que en el tou d'herba hi podia haver-hi clots d'aquells que, si hi fiques un peu, ja has begut oli. En Jim la va encalçar amb les seves gambades de gegant.

Ella va entrar directament fins a la cuina i ell la va seguir dòcilment.

Tots els marbres eren plens de gots i plats i copes fent piles d'equilibri inestable. Al fons d'un armari hi va trobar un got net. Va obrir l'aixeta i el va posar sota el raig, però no va calcular la força de l'aigua i es va esquitxar tot el vestit.

—Dona'm un drap, Jim, si us plau...

Ell va treure un drap de rus d'un calaix i se li va acostar, disposat a eixugar-li les gotes del coll i de l'escot. Ella li va arrabassar el drap de les mans sense contemplacions i en Jim va fer un petit pas enrere. Quan aquest va començar a parlar, la Marta no va aixecar els ulls i va seguir ridículament concentrada en la tasca d'eixugar-se l'esquitxada.

—Marta. Marta, escolta'm. Necessítut que m'escoltis. No cal que em contestis. Només vull dir-t'ho, que ho sàpigues.

Ella va deixar el drap damunt del marbre, amb un gest d'enuig, però no va dir res.

—Marta... Aquesta nit... aquest dia que hem passat... m'ha remogut. No puc deixar de pensar-hi, no puc parar de donar-hi voltes. Et tròbut a faltar, Marta...

—Jim, calla, fes el favor. Has begut molt, hem begut tots molt. Deixa-ho córrer, va.

Estaven a prop l'un de l'altra. En Jim va abaixar el cap en sentir-la, però no es va moure ni un mil·límetre tot i que ella feia evident que volia anar-se'n.

—Ets una dona extraordinària, Marta.

—Em gastaràs el nom.

Ella va fer un pas i va posar-li la mà al tors per apartar-lo una mica. Ell, amb rapidesa, va empresonar aquella mà amb les seves i se li va acostar encara més. La Marta va esquivar el petó sense poder evitar un somriure.

—De veritat, Jim, estàs fatal. Vinga, anem cap a fora, que et toqui l'aire.

A fora, mentrestant, en Guillem i la Rita comentaven l'excepcionalitat de la situació:

—Doncs... diria que feia quinze anys que no estàvem sols tu i jo.

—Vols dir?

La Rita va fer cara de sorpresa. En Guillem li coneixia el repertori i se li va escapar el riure per sota el nas.

—N'estic convençut. Ja me n'assegurava jo, que no ens haguéssim de veure tots dos sols!

Ella va fer un posat seductor:

—Et feia por quedar-te sol amb mi?

En Guillem va fer que no amb el cap. Ella, enriolada, va esperar pacientment:

—No dius res?

Ell va tornar a fer que no amb el cap.

—Ai, fill... Realment, ets un fat!

Tots dos van riure i es van permetre uns segons per tornar, a partir d'aquella broma privada, al vespre de tants anys enrere, tots dos al sofà de casa, comentant el dia que havien passat al port d'Arenys amb la Marta i en Jim.

—Sembla que hagin passat segles, oi?

—Han passat segles.

La Rita es va posar dreta, amb les mans damunt de la ronyonada, i va deixar anar un gemec, arquejant tot el cos fins que va sentir petar les vèrtebres.

—Quin mal... Escolta, no trobes que triguen molt aquest parell?

En Guillem callava, confiant que la foscor impedís a la seva exdona veure-li la mirada sorneguera. No va decidir-se a obrir la boca fins que, en el llenguatge corporal d'ella, hi va veure clarament la intenció de començar a caminar cap a la casa.

—Deuen estar preparant gintònics, o buscant alguna cosa per picar... tranquil·la. Que no estàs bé aquí, xerrant una estona amb mi? Vols que t'expliqui una xafarderia?

La Rita es va deixar anar a la cadira.

—T'escolto.

—Resulta que el meu germà...

—En Xavi?

—No, en Fèlix. L'adorable Fèlix, a aquestes alturcs de la vida, ara té nòvia.

—No deus pas voler dir que no n'havia tingut mai cap fins ara...

—Suposo que sí... però es veu que aquesta la porta a casa, i que la mare i ella s'avenen molt, i que sembla una dona la mar de normal.

—Però, que t'hi fas, ara, amb en Fèlix?

—No! M'ho explica la meva cunyada...

—I la teva mare tampoc no la veus?

—Sí, hi vaig els dissabtes al matí, que en Fèlix no hi és perquè juga a tennis.

La tramuntana havia tornat i escombrava els pètals de flors que havien anat escampant-se damunt de l'herbei. Les bombetes tornaven a ballar. Mentre en Guillem parlava, la Rita va notar un moviment darrere del clatell i es va girar de sobte:

—Ostres! Quin espant!

No havien sentit venir la Marta i en Jim, que es van asseure guardant encara un silenci estrany.

—Estàvem recordant aquell dia que vam anar a fer un arròs a Arenys, us en recordeu?

Van mantenir una bona estona de conversa nostàlgica i van quedar en aquell estat d'ànim tan peculiar, entre una gran tristesa i una satisfacció complaent, que t'envaeix quan recordes moments preciosos i ets feliç d'haver-los viscut, tot i que et sents immensament afligit per saber que no en tornaràs a viure de semblants.

—Ai, Rita, me'n recordo molt de tu aquell dia, de la cara de felicitat que feies.... Eres pura alegria!

Les dues dones es van creuar mirades afectuoses. La Marta va insistir encara en el seu argument:

—En aquella època us veia tan feliços! A tots dos, vull dir, com a parella. Estàveu embadalits amb la Maria i havíeu trobat un bon equilibri, no?

La Rita i en Guillem es miraven, ella amb tendresa, ell com si estigués mesurant les paraules que acabava de sentir.

—És curiós —va dir, amb to reflexiu—. És curiós perquè

no et dic que no estiguéssim bé, però jo tenia sempre la sensació que vosaltres sí que estàveu bé, vosaltres us completàveu l'un a l'altra, éreu una parella...

La Marta s'havia aixecat i anava omplint gots amb aigua fresca.

—Ara ja prou d'alcohol, va, que demà no ens aguantarem drets. Nosaltres, oi, Jim?, sempre comentàvem que vosaltres dos no us devíeu avorrir mai, que sempre teníeu recursos per omplir el temps amb coses divertides...

—A veure, que no sembli ara que tots plegats érem els matrimonis perfectes, que ho esteu pintant com si fos una pel·li de la Doris Day.

—La Doris Day? Però quin referent tan antic, Jim!

—Jo què sé, eren les pel·lis que veia la meu mare...

L'aire s'havia aturat. Hi havia una immobilitat estranya a les capçades dels arbres. El cel era net, negre, com de xarol.

En Jim havia posat música amb el seu telèfon i sonava una cançó italiana, una veu femenina, nasal i una mica esquerdada, que repetia «e tutta la vita gira infinita senza un perché». Arrossegat per aquesta tornada (i potser també per la quantitat d'alcohol que corria per les seves venes), en Jim va deixar volar la imaginació:

—I si...? —va callar. Els altres van callar, disposats a escoltar-lo—. Us proposo un joc. El joc del... *i si?*

—Com s'hi juga?

—De seguit ho veuràs. Començut jo.

—Va.

—Güita*: i si* quan em vaig enamorar de la Rita, veient que era una cosa totalment boja que podria fer mal a molta gent, hagués decidit fugir tot sol i anar-me'n a viure a l'illa de Santorini?

Els altres tres van quedar en silenci, corpresos de moment per aquell estirabot. La cantant italiana seguia insistint «tutta la vida... senza un perché»... Potser va ser això el que va acabar de convèncer la Marta, que va decidir jugar-hi.

—A veure, necessitaria saber si hauries marxat sense donar explicacions o...

—Poques. Hauria sigut una autèntica fugida de covard.

—Entesos. Doncs faig la meva aposta: crec que tu a Santorini hauries pogut ser feliç, t'hi hauries ambientat de seguida. Faries una vida tranquil·la, amb les teves traduccions, banyant-te al mar cada dia... com un hippy, molt al teu estil.

La Rita se'ls mirava com qui segueix un partit de tennis, els ulls oberts com unes taronges. Va interrompre per preguntar:

—Però, i tu, Marta? Vull dir... d'acord, tenim en Jim molt feliç a Santorini. I tu?

—Jo suposo que hauria passat un temps indignada. Més enfadada però menys dolguda del que realment vaig estar quan va marxar amb tu. Però, esclar, en aquest cas, en la realitat alternativa que ha plantejat en Jim, no ho sabria. I tu, Rita?

—Jo?

—Jim: hauries marxat sense dir-li que t'havies enamorat d'ella o havent-hi parlat?

—No fotis! Espero que sense dir-m'ho! No series capaç de deixar-m'ho anar i fotre el camp!

En Guillem dibuixava un somriure sarcàstic que feia preveure una intervenció digna de ser escoltada atentament:

—O sigui: en Jim fot el camp, li deixa el regalet en forma d'apassionat enamorament impossible a la meva dona i ella, pobreta, ha de continuar vivint empresonada en el nostre matrimoni vulgar i avorrit, somiant totes les nits amb el hippy ros i barbut que es passeja conill per les platges de Santorini... Que bé que quedo, jo!

En Jim reia a cor què vols, estirant-se amb petites estrebades el pèl de la barba, com solia fer quan reia de gust.

—Collonut! —havia aplaudit, enriolat—. Veig que heu captat la idea. Va! Un altre *i si?*

—Noies, ara us toca a vosaltres. Va, Rita, anima't: quin és el teu *i si?*

La Rita es va aixecar i va caminar entre les cadires on seien, com si estigués damunt de la fusta del millor escenari del país. Duia dues peònics petites i blanques agafades darrere l'orella i els rínxols li quedaven apartats del front.

—A veure. *I si*, després d'enamorar-nos en Jim i jo i, al cap del temps, també vosaltres dos, haguéssim decidit que en realitat ens estimem molt tots quatre i que podíem viure aquest amor tots junts?

En Guillem va deixar anar una riallada poderosa:

—Poliamor, dius?

—Ai, Rita, vols dir que tenim edat per a aquestes coses? —i tornava a riure.

La Marta i en Jim es van afegir als riures.

—Ja podeu riure, ja, però a veure, la veritat és que ho hauríem pogut provar... Tu que ets mig hippy, Jim, m'estranya que no ho vegis com una opció.

En Jim es rascava la barba:

—Vaig veure un documental que en parlava. En realitat és un plantejament molt interessant: en aquell cas —crec que eren holandesos— tenien un fill en comú...

—Aquest és el pinyol de la qüestió: jo crec que el poliamor

és un plantejament vital, i no crec que sigui el nostre. Com hi adaptes els fills, aquí? Nosaltres ja els teníem una mica criadets. No ho sé, segur que es pot fer, però...

—Jo us ho dic ben clar: no m'hi veig pas amb cor. Trobo que estimar una persona ja és prou complicat i requereix una gran dedicació.

—Però, Marta, si vinguéssim a viure aquí, al Mas Xic, lluny de la vida convencional que fem a la ciutat, com aquell estiu, us en recordeu?

—Aquell estiu cadascú dormia amb qui li tocava... Vaja, o això em penso!

En Guillem va aixecar la copa i amb el mateix gest ja insinuava el propòsit:

—Jo, nois i noies, trobo que aquesta és una opció que podem guardar per a quan siguem vellets. Hem de contractar algú que ens cuidi i...

—Guillem, estimat, he començat a parlar de poliamor i ara ja estem en cadira de rodes...!

En Guillem va riure i va aixecar la mà: Ara jo! Ara jo! Els altres van vinclar els cossos endavant.

—*I si* la Marta i jo ens haguéssim enamorat abans que vosaltres? Al cap i a la fi, si ha acabat passant...

—Bona! —A en Jim li brillaven els ulls. Va fer un gest amb la mà animant en Guillem a continuar.

—No, no, jo només llanço el *i si?*, ara us vull sentir a vosaltres.

—Home! Això no s'hi val!

—Sí que s'hi val —va intervenir en Jim amb autoritat—, el joc és idea meva i les normes les pòsut jo: si en Guillem ho vol així, ho fem així. I comènçut. Aviam...

Es va aixecar i caminava fent cercles, vorejant la taula,

mentre rumiava. Se n'adonava que realment no s'ho havia plantejat mai: com s'hauria sentit si la Marta i en Guillem s'haguessin enamorat quan ell estava tranquil·lament instal·lat al seu matrimoni?

—Hòstia, Guillem, ara m'has fotut. Veure com la Marta s'enamorava de tu... Quin mal, noi.

La Marta se'l mirava amb un punt de condescendència, fins que va interrompre'l de sobte, com si l'hagués punxada un fibló:

—Ep, ep... no, no! Res de —estrafeia una mica la veu, per ridiculitzar-lo— «veure com la Marta s'enamorava...». No: es tracta que t'imaginis que tu ets a casa, un divendres al vespre normal i corrent, un dia qualsevol del que era la nostra plàcida quotidianitat, i llavors jo deixo anar que m'he enamorat d'en Guillem i que aquí et quedes.

—Dona, tampoc no va anar ben bé així.

—Va anar exactament així. Juga, va, imagina-t'ho.

Feia de mal dir si el to de la Marta era agre o juganer. Fos com fos, en Jim va acceptar el repte.

—D'acord, d'acord. Cagu'n dena, és un sotrac de por.

—Un daltabaix? —mai una pregunta havia sonat tan dolça com aquesta.

—Sí. Miro d'imaginar-m'ho. Quina basarda. Em sembla, Guillem, que t'hauria vingut a buscar aquella mateixa nit.

—Per fotre'm una pallissa?

—Tant com això, no, però per demanar-te explicacions sí.

—I tu, Rita?

La Rita s'havia anat embolicant en el xal —que era d'un blanc gelat, amb brodats del mateix to—. Quatre blens de cabells foscos queien damunt de la roba, en un contrast magnífic. Va parlar i la veu li va sortir tan encongida com ho estava el seu cos:

—Jo... jo m'hauria endut una gran sorpresa, m'hauria costat molt de reaccionar.

—T'hauria costat de creure, oi?

—Sí, la veritat és que sí. I no sé per què. Vull dir que, quan realment va passar, quan vaig saber que estàveu junts, de seguida vaig pensar que era lògic, que feu tant l'un per l'altra. Recordo que vaig pensar que era com si, finalment, les peces s'haguessin posat a lloc.

Tot d'una, la Marta va deixar anar un xiscle, un espinguet agut que els va fer saltar a tots de la cadira, concentrats com estaven en la conversa.

—He vist caure un estel!

—Quina sort!

—No, quina sort no, que jo era l'única que mirava el cel!

—Això vol dir que no m'escoltaves gaire...

—T'escoltava atentament. Has dit que quan en Guillem i jo ens vam enamorar va ser com si les peces s'haguessin posat a lloc. I m'ha semblat molt bonic.

En Guillem li va agafar la mà, tot i que les dues cadires estaven força separades. La mirava amb tendresa i, sense deixar anar la mà, va dir:

—La Marta estava pendent del cel perquè sap que la hipòtesi que he plantejat amb el meu *i si?* no hauria passat mai. Si en Jim no s'hagués enamorat d'una altra persona, ells dos encara estarien junts.

Ho va dir sense aspror, tot i que el plantejament el deixava a ell fora de joc. La Marta no el va desmentir. En Jim va enfonsar-se a la cadira, les mans a dins de les butxaques, la mirada perduda en la negror que els envoltava.

A poc a poc, va anar concentrant-se en la figura de la Marta dibuixada gairebé a contrallum. Darrere seu, els arbres estaven guarnits amb llumetes de color groc, petitíssimes. Va recordar que havia vist la Maria i en Biel, aquella tarda, enfilats amb una escala, cargolant els fils de bombetes entre les branques de la figuera i del nesprer. Ara, els arbres ja no es distingien —només unes ombres una mica més fosques— i només es veia l'esquitxat de guspires grogues.

Entre les rialles, es va sentir la veu de la Marta i tots se la van mirar. Amb l'halo de llum groga rere seu, el bronzejat de la pell ressaltava i els ulls semblaven més clars. Els anys li havien esquitxat els cabells —sempre llisos, sempre tallats rectes arran de barbeta— de fils de plata. Encara conservava el cos menut de ballarina i només la pèrdua d'elasticitat —en els moviments, a la pell, fins i tot a la veu— deixava veure el mig segle que ja duia viscut.

—Ara m'escoltareu una mica a mi, el meu *i si?* Fa estona que callo perquè aquest joc, entre bromes i veres, m'està fent rumiar molt.

El silenci havia esdevingut compacte, l'aire feia ballar els seus cabells, els ulls li brillaven més que les llumetes grogues.

—A la meva vida hi ha un *i si?* enorme, descomunal, que va arribar molt d'hora, que no té res a veure amb vosaltres, i que ha presidit tota la meva vida. Només tenia deu anys quan vaig haver d'entomar-lo. *I si* en l'accident tornant de Carcassona l'Adela no s'hagués mort? I, sobretot, i si m'hi hagués mort jo? Ara no seria amb vosaltres: no m'hauria enamorat apassionadament de tu, Jim, el dia que feia vint anys. No us hauria tingut de veïns ni hauria descobert la gran amiga que vas ser, Rita. No hauria pogut tenir l'experiència formidable de la maternitat, no hauria trobat l'amor delicat i tendre d'en Guillem quan ja no esperava que la vida m'oferís un regal així. Amics: la vida és un gran... *i si?* Però, sigui com sigui, no em vaig morir aquell desembre i avui soc aquí, amb vosaltres. He casat una filla i he passat una nit divertida, intensa, blanca i groga. En vull més i vull que sigui amb vosaltres, encara que potser no ho entengui ningú.

Agraïments

Sense el meu grup de suport aquesta novel·la no hauria arribat a bon terme. Els que tinc més a prop ho han fet possible fent-me companyia, consolant-me, tenint cura de mi i fent-me creure en l'esperança. Gràcies.

Un agraïment per a en Xuri, que m'ha assessorat perquè en Jim i la Cindy fossin uns empordanesos com cal.

I la meva gratitud eterna per a l'Ester Pujol, editora, amiga i confident, que m'ha esperonat sense exigir i m'ha salvat molts dies amb la seva alegria insubornable.